Un puñado de centeno

Biblioteca Agatha Christie

Biografía

Agatha Christie es conocida en todo el mundo como la Dama del Crimen. Es la autora más publicada de todos los tiempos, tan solo superada por la Biblia y Shakespeare. Sus libros han vendido más de un billón de copias en inglés y otro billón largo en otros idiomas. Escribió un total de ochenta novelas de misterio y colecciones de relatos breves, diecinueve obras de teatro y seis novelas escritas con el pseudónimo de Mary Westmacott.

Probó suerte con la pluma mientras trabajaba en un hospital durante la Primera Guerra Mundial, y debutó con *El misterioso caso de Styles* en 1920, cuyo protagonista es el legendario detective Hércules Poirot, que luego aparecería en treinta y tres libros más. Alcanzó la fama con *El asesinato de Roger Ackroyd* en 1926, y creó a la ingeniosa Miss Marple en *Muerte en la vicaría*, publicado por primera vez en 1930.

Se casó dos veces, una con Archibald Christie, de quien adoptó el apellido con el que es conocida mundialmente como la genial escritora de novelas y cuentos policiales y detectivescos, y luego con el arqueólogo Max Mallowan, al que acompañó en varias expediciones a lugares exóticos del mundo que luego usó como escenarios en sus novelas. En 1961 fue nombrada miembro de la Real Sociedad de Literatura y en 1971 recibió el título de Dama de la Orden del Imperio Británico, un título nobiliario que en aquellos días se concedía con poca frecuencia. Murió en 1976 a la edad de ochenta y cinco años.

Sus misterios encantan a lectores de todas las edades, pues son lo suficientemente simples como para que los más jóvenes los entiendan y disfruten pero a la vez muestran una complejidad que las mentes adultas no consiguen descifrar hasta el final.

www.agathachristie.com

Agatha Christie
Un puñado de centeno

Traducción: C. Peraire del Molino

ESPASA

Obra editada en colaboración con Editorial Planeta – España

Título original: *A Pocket Full of Rye*

© 1953, Agatha Christie Limited. All rights reserved.

Traducción: C. Peraire del Molino © Agatha Christie Limited. All rights Reserved.

© Grupo Planeta Argentina S.A.I.C. – Buenos Aires, Argentina

Derechos reservados

© 2023, Editorial Planeta Mexicana, S.A. de C.V.
Bajo el sello editorial BOOKET M.R.
Avenida Presidente Masarik núm. 111,
Piso 2, Polanco V Sección, Miguel Hidalgo
C.P. 11560, Ciudad de México
www.planetadelibros.com.mx

AGATHA CHRISTIE, MARPLE and the Agatha Christie Signature are registered trademarks of Agatha Christie Limited in the UK and elsewhere. All rights reserved.
www.agathachristie.com
Agatha Christie Roundels Copyright © 2013 Agatha Christie Limited. Used with permission.

Diseño de portada: Planeta Arte & Diseño
Ilustraciones de portada: © Ed

Agatha Christie

Primera edición impresa en España: julio de 2022
ISBN: 978-84-670-6660-9

Primera edición impresa en México en Booket: abril de 2023
ISBN: 978-607-07-9918-1

Impreso en los talleres de Impregráfica Digital, S.A. de C.V.
Av. Coyoacán 100-D, Valle Norte, Benito Juárez
Ciudad De Mexico, C.P. 03103
Impreso en México – *Printed in Mexico*

Personajes

Relación de los principales personajes que intervienen en esta obra.

ANSELL: abogado de Adele Fortescue.

BERNSDORFF: médico del hospital St. Jude.

BILLINGSLEY: abogado de Rex Fortescue.

CROSBIE: médico director del Pinewood Private Sanatorium.

CRUMP: viejo mayordomo de los Fortescue.

CURTIS, ELLEN: doncella de los Fortescue.

DOVE, MARY: ama de llaves de los Fortescue.

DUBOIS, VIVIAN EDWARD: amigo íntimo de Adele.

FORTESCUE, ADELE: mujer muy atractiva, esposa de Rex y mucho más joven que él.

FORTESCUE, ELAINE: muchacha agraciada y muy moderna, hija del primer matrimonio de Rex.

FORTESCUE, JENNIFER (SEÑORA VAL): esposa de Percival.

FORTESCUE, LANCELOT: segundo hijo de Rex, hermano de Percival y Elaine.

FORTESCUE, PATRICIA: esposa de Lancelot.

FORTESCUE, PERCIVAL: hijo mayor de Rex, y a la vez socio de su padre.

FORTESCUE, REX: gerente de la firma Consolidated Investments Trust, hombre acaudalado, poco escrupuloso en sus negocios.

GRIFFITH: primera mecanógrafa de la citada firma, ya solterona.

GROSVENOR, IRENE: una rubia muy atractiva, secretaria particular de Rex.

HARDCASTLE: secretaria particular de Percival.

HAY: sargento a las órdenes de Neele.

MARPLE, JANE: solterona aficionada al detectivismo.

MARTIN, GLADYS: doncella de los Fortescue.

NEELE: inspector de policía, muy capacitado.

RAMSBOTTOM, EFFIE: anciana solterona, hermana de la primera esposa de Rex Fortescue.

SOMERS: mecanógrafa bastante torpe de Consolidated Investments Trust.

WRIGHT, GERALD: profesor, novio de Elaine.

*A Bruce Ingram, que valoró y publicó
mis primeros relatos cortos*

Capítulo primero

A Miss Somers le tocaba hacer el té. Somers era la más nueva y la menos eficiente de las mecanógrafas. Ya no era joven y su rostro, que revelaba una ligera preocupación, recordaba al de una oveja. Aún no hervía el agua cuando Miss Somers la vertió en la tetera, pero la pobre nunca estaba completamente segura de si hervía o no. Esta era una de las muchas preocupaciones que la afligían.

Sirvió el té y lo repartió en tazas, que acompañó con un par de dulces y blandas galletas en cada una.

Miss Griffith, la eficiente jefa de las mecanógrafas, una auténtica sargento de cabellos grises que llevaba dieciséis años en Consolidated Investments Trust, exclamó con voz de trueno:

—¡Otra vez no ha hervido el agua, Somers!

El rostro preocupado y dócil de Miss Somers enrojeció mientras decía:

—Dios mío, creía que esta vez sí que estaba hirviendo.

«Durará otro mes, quizá, mientras haya tanto trabajo —pensó Miss Griffith—, pero realmente hay que ver la que armó con la carta para Eastern Developments, un trabajo muy sencillo, y para colmo ni siquiera sabe hacer el té. Si no fuera por lo que cuesta encontrar mecanógrafas capaces... Y la última vez dejó mal cerrada la lata de las galletas. De verdad...»

Como tantas otras quejas íntimas suyas, la frase quedó sin terminar.

En aquel momento entró Miss Grosvenor para preparar el sagrado té de Mr. Fortescue. Mr. Fortescue tomaba otra clase de té, con galletas especiales y servido en tazas diferentes. Solo la tetera y el agua del grifo eran las mismas que las de las empleadas. Pero en esta ocasión, puesto que era para Mr. Fortescue, el agua hirvió. Miss Grosvenor tuvo buen cuidado en ello.

Miss Grosvenor era rubia y muy atractiva. Vestía un traje chaqueta negro caro e impecable, y sus hermosas piernas iban enfundadas en las medias de nailon más caras del mercado negro.

Cruzó la sala de las mecanógrafas sin dignarse siquiera dirigirles una mirada o una palabra. Para ella eran como cucarachas. Ella era la secretaria particular de Mr. Fortescue. Ciertos rumores malvados daban a entender que era algo más que eso, pero en realidad no era así. Fortescue acababa de casarse por segunda vez con una mujer bella y de gustos caros, y totalmente capaz de absorber toda su atención. Miss Grosvenor era para su jefe solo una parte necesaria de la oficina, un lujo para el que no había reparado en gastos.

Miss Grosvenor llevaba la bandeja como si fuera a realizar una ofrenda ritual. Cruzó la oficina principal, la sala de espera reservada a los clientes más importantes y a su propia oficina. Finalmente, tras unos ligeros golpecitos en la puerta, penetró en el sanctasanctórum: el despacho de Mr. Fortescue.

Era una habitación amplia, con un parqué deslumbrante cubierto en parte por gruesas alfombras orientales. Las paredes eran de madera clara y había varios butacones enormes, tapizados con cuero del mismo tono. Tras una colosal mesa de escritorio de sicomoro, el centro y foco de la estancia, se hallaba sentado el mismísimo Mr. Fortescue.

Mr. Fortescue resultaba mucho menos impresionante de lo que hubiera debido ser para hacer juego con el despacho, pero hacía lo que podía. Era un hombre gordo y fofo, con una calva reluciente. Tenía la costumbre de vestir prendas deportivas en su oficina de la City. Estaba estudiando varios papeles con el entrecejo fruncido cuando Miss Grosvenor se deslizó hacia él con su andar de cisne, dejó la bandeja a su lado y murmuró con voz impersonal:

—El té, Mr. Fortescue. —Y se retiró.

La contribución de Mr. Fortescue a este ritual fue un gruñido.

Sentada de nuevo ante su mesa, Miss Grosvenor se ocupó de su trabajo. Hizo dos llamadas telefónicas, corrigió algunas cartas que estaban listas para que Mr. Fortescue las firmara y contestó una llamada telefónica.

—Me temo que no va a ser posible en este momento —dijo con voz altiva—. Mr. Fortescue está reunido.

Colgó el teléfono y miró el reloj. Eran las once y diez.

Fue entonces cuando oyó un sonido desacostumbrado que atravesó la gruesa puerta, procedente del despacho de Mr. Fortescue. Era un grito agónico, ahogado, y aun así, muy reconocible. En aquel mismo momento, el timbre del interfono comenzó a sonar frenéticamente. La sorpresa la dejó paralizada unos momentos, pero al final se levantó vacilante. La inesperada llamada hizo que perdiera un poco de aplomo. Sin embargo, se dirigió al despacho de Mr. Fortescue con su andar habitual, llamó y entró.

Lo que vieron sus ojos dinamitó su aplomo definitivamente. Su jefe, detrás de la mesa, parecía sufrir una terrible agonía. Sus convulsiones constituían un espectáculo alarmante.

—Oh, Dios santo, Mr. Fortescue, ¿está usted enfermo? —dijo Miss Grosvenor, y comprendió al instante lo ridículo de su pregunta. No había la menor duda de que se encontraba gravemente enfermo. Incluso cuando se acercó a él, no cesaba de retorcerse, preso de dolorosas convulsiones.

Su respuesta brotó entrecortada.

—El té. ¿Qué diablos... ha puesto... en el té? Busque... ayuda..., rápido..., traiga a un médico.

Miss Grosvenor huyó del despacho. Ya no era la secretaria rubia y arrogante, sino una mujer asustada que había perdido la cabeza. Entró corriendo en la sala de mecanógrafas, gritando:

—¡A Mr. Fortescue le ha dado un ataque! ¡Se está muriendo! ¡Debemos llamar a un médico! ¡Tiene muy mal aspecto! Estoy segura de que se está muriendo.

Las reacciones fueron inmediatas y variadas.

—Si es un ataque epiléptico, debemos ponerle un corcho en la boca. ¿Quién tiene un corcho? —indicó Miss Bell, la mecanógrafa más joven.

Nadie tenía un corcho.

—A su edad —comentó Miss Somers—, con toda probabilidad se trata de un ataque de apoplejía.

—Hay que llamar a un médico enseguida —intervino Miss Griffith.

Pero su acostumbrada eficiencia se vio entorpecida porque, en sus dieciséis años de servicio, nunca había necesitado llamar a un médico para que viniera a la oficina. Tenía su médico particular, pero estaba en Streatham Hill. ¿Dónde habría un médico por allí cerca?

Nadie lo sabía. Miss Bell cogió una guía telefónica y comenzó a buscar en la letra M. Pero los médicos no estaban clasificados como los bancos. Alguien sugirió llamar a un hospital, pero ¿a cuál?

—Tiene que ser el adecuado o no vendrán. Me refiero a que debe pertenecer al seguro —insistió Miss Somers—. Tiene que corresponder a esta zona.

Alguien sugirió llamar a la policía, pero Miss Griffith se escandalizó y dijo que no serviría de nada. Para ser ciudadanas de un país que contaba con un servicio de sanidad pública, este grupo de mujeres razonablemente inteligentes demostraba una increíble ignorancia en cuanto al procedimiento a seguir.

Miss Bell comenzó a buscar números de ambulancias en la guía.

—Tendrá su médico particular —señaló Miss Griffith—, seguro.

Alguien corrió en busca de la agenda privada. Miss Griffith ordenó al botones que trajera a un médico como fuera y de donde fuera. En la agenda encontraron el nombre de sir Edwin Sandeman, con consultorio en Harley Street. Miss Grosvenor, desplomada sobre una silla, gemía en un tono menos elegante de lo habitual.

—Yo hice el té como siempre. De verdad. No podía haber nada malo en el té.

—¿Nada malo en el té? —Miss Griffith hizo una pausa cuando ya iba a marcar el número—. ¿Por qué lo dice?

—Él lo dijo, Mr. Fortescue. Dijo que había sido el té.

Miss Griffith vaciló entre el número de Sandeman y el de la policía.

—Hay que darle un poco de mostaza con agua ahora mismo —afirmó Miss Bell con su juvenil optimismo—. ¿Hay mostaza en la oficina?

No había mostaza.

Poco después, el doctor Isaacs, de Bethnal Green, y sir Edwin Sandeman se encontraron en el ascensor en el preciso momento en que dos ambulancias se detenían ante el edificio. El teléfono y el botones habían cumplido con su trabajo.

Capítulo 2

El inspector Neele estaba sentado detrás de la enorme mesa de sicomoro del sanctasanctórum de Rex Fortescue. Uno de sus subalternos permanecía tranquilamente sentado cerca de la puerta, recostado en la pared.

El inspector Neele tenía un aspecto elegante y marcial, con el pelo castaño ondulado y la frente algo estrecha. Cuando decía «Solo es cuestión de rutina», sus interlocutores pensaban, con generosidad: «¡Si eso es lo único que sabes hacer!». Pero siempre se equivocaban. Tras su apariencia poco imaginativa, el inspector Neele era un pensador muy creativo, y uno de sus métodos de investigación consistía en plantearse a sí mismo fantásticas teorías basadas en la culpabilidad que aplicaba a la persona a la que interrogaba en ese momento.

Miss Griffith, a quien había escogido con ojo clínico como la más apropiada para ofrecerle un breve relato de los acontecimientos que lo habían llevado hasta allí, acababa de salir, tras hacerle un admirable resumen de los sucesos de la mañana. El inspector Neele se había planteado tres supuestas razones por las que la fiel jefa de las mecanógrafas podía haber envenenado a su jefe, pero las rechazó como poco probables.

La había clasificado como: a) no tenía el tipo de envenenadora; b) no estaba enamorada de su jefe; c) no era una desequilibrada, y d) no era una mujer rencorosa. Todo eso dejaba fuera a Miss Griffith, excepto como fuente de información verídica.

Miró de reojo el teléfono. Aguardaba una llamada del hospital St. Jude de un momento a otro.

Por supuesto, era posible que la repentina indisposición de Fortescue hubiera sido debida a causas naturales, pero ni el doctor Isaacs ni sir Edwin Sandeman eran de esta opinión.

El inspector Neele pulsó un botón del interfono que había situado de un modo muy estratégico a su izquierda y pidió que hicieran pasar a la secretaria particular de Mr. Fortescue.

Miss Grosvenor había empezado a recomponerse, pero no del todo. Entró un tanto recelosa, el andar de cisne se había esfumado.

—¡Yo no he sido! —exclamó en el acto en tono defensivo.

—¿No? —respondió el inspector con calma.

Le indicó la silla que ocupaba bloc en mano cuando Mr. Fortescue le dictaba sus cartas. Ahora se sentó de mala gana, mirando asustada al inspector, quien, en su imaginación, barajaba diferentes posibilidades: ¿Seducción? ¿Chantaje? ¿Rubia platino en el banquillo? Le dirigió una expresión tranquilizadora y un tanto estúpida.

—En el té no había nada —aseguró Miss Grosvenor—. Es imposible.

—Ya —replicó el inspector Neele—. ¿Su nombre y dirección, por favor?

—Grosvenor, Irene Grosvenor.

—¿Cómo se escribe?

—¡Oh! Igual que la plaza: Grosvenor.

—¿Su dirección?

—Número catorce de Rushmoor Road, Muswell Hill. El inspector asintió satisfecho.

«Nada de seducción —se dijo—. Ni un nidito de amor. Un hogar respetable con sus padres. Tampoco chantaje.»

Otra buena tanda de teorías al garete.

—¿De modo que ha sido usted quien ha hecho el té? —preguntó con amabilidad.

—Tenía que hacerlo. Quiero decir que siempre lo hago yo.

El inspector Neele, sin darle prisa, le hizo repetir el ritual matutino del té de Mr. Fortescue. La taza, el plato y la tetera ya habían sido recogidos y enviados al laboratorio. Se enteró de que Irene Grosvenor y solo ella había tocado aquellos utensilios. El hervidor era el mismo que se utilizaba para hacer el té de las oficinistas, y ella misma lo había llenado en el grifo del lavabo.

—¿Y el té?

—Era el té exclusivo de Mr. Fortescue, un té chino especial. Se guarda en un estante de mi despacho, que es el de aquí al lado.

El inspector asintió. Preguntó por el azúcar, pero recibió la respuesta de que Mr. Fortescue tomaba el té sin azúcar.

Sonó el teléfono. El inspector Neele atendió la llamada. Su expresión cambió un tanto.

—¿El hospital St. Jude? Un momento. —Con un ademán, despidió a Miss Grosvenor—. Eso es todo de momento, señorita. Muchas gracias.

La secretaria se apresuró a abandonar la estancia.

Neele escuchó con atención la voz inexpresiva que le hablaba desde el hospital St. Jude. Mientras escuchaba, trazó unos cuantos signos crípticos en una esquina del secante que tenía ante él.

—¿Ha muerto hace cinco minutos? —Miró su reloj y luego escribió en el secante: «Las doce cuarenta y tres».

La voz inexpresiva dijo que el doctor Bernsdorff quería hablar con él. Neele respondió «Está bien. Pásemelo», lo cual escandalizó un tanto a su interlocutor, que había usado cierta reverencia en el tono oficial.

Se oyeron varios zumbidos y murmullos fantasmales. El inspector Neele aguardó con paciencia.

Entonces, sin previo aviso, un fuerte rugido lo obligó a apartar el auricular de su oído.

—Hola, Neele, viejo buitre. ¿Otra vez con sus cadáveres?

El inspector Neele y el profesor Bernsdorff, del hospital St. Jude, habían trabajado juntos en un caso de envenenamiento hacía cosa de un año y, desde entonces, eran buenos amigos.

—He oído decir que nuestro hombre ha muerto.

—Sí. Ya era demasiado tarde cuando lo han traído. No hemos podido hacer nada.

—¿La causa de la muerte?

—Hay que hacerle la autopsia. Es un caso muy interesante. Interesantísimo. Celebro haberlo atendido.

El tono entusiasta del profesor Bernsdorff le permitió comprender al menos una cosa.

—Entiendo que usted no cree que se trate de muerte natural —comentó secamente.

—Ni por asomo —vociferó Bernsdorff—. Hablo de forma extraoficial, desde luego —agregó con una precaución que llegaba algo tarde.

—Claro, claro. Lo entiendo. ¿Lo han envenenado?

—Sin duda alguna. Y lo que es más, aunque esto no es oficial, solo entre usted y yo. Apuesto a que sé de qué veneno se trata.

—¿De veras?

—Taxina, amigo mío. Taxina.

—¿Taxina? No lo había oído nunca.

—Lo sé. Es muy poco corriente. ¡De una encantadora rareza! Confieso que ni yo mismo lo hubiera adivinado de no ser porque tuve un caso hace solo tres o cuatro semanas. Un par de niñas, que jugaban a tomar el té con sus muñecas, arrancaron hojas de tejo y las emplearon para hacer la infusión.

—¿Y se trata de eso? ¿Hojas de tejo?

—En efecto. Son muy venenosas. Naturalmente, la taxina es un alcaloide. No creo haber tenido nunca noticias de ningún caso en que fuera empleada de manera intencionada. La verdad es que resulta interesantísimo y poco común. No tiene usted idea de lo que llega uno a cansarse del socorrido herbicida. La taxina es algo exquisito. Claro que puedo equivocarme, no se le ocurra citarme, pero no lo creo. Con toda seguridad, también será interesante para usted. ¡Al menos se sale de la rutina!

—Parece que nos vamos a divertir todos mucho. Todos menos la víctima.

—Sí, sí, pobre tipo. —El tono de la voz no era convincente—. Ha tenido muy mala suerte.

—¿Ha dicho algo antes de morir?

—Había uno de sus muchachos sentado a su lado con una libreta. Él le dará los detalles exactos. Murmuró algo acerca del té, que le habían dado algo con el té en la oficina, pero, claro, eso es una tontería.

—¿Por qué?

El inspector Neele, que había imaginado a la encantadora Irene Grosvenor agregando hojas de tejo entre las de té, cosa que consideró altamente improbable, lo preguntó de un modo algo brusco.

—Porque el veneno no ha podido actuar con tanta rapidez. Tengo entendido que los síntomas se presentaron en cuanto bebió el té.

—Eso es lo que han dicho.

—Hay muy pocos venenos que actúen con tanta rapidez, aparte de los cianuros, por supuesto, y posiblemente la nicotina pura.

—¿Y está seguro de que no ha sido cianuro o nicotina?

—Mi querido amigo, se hubiera muerto antes de llegar al hospital. ¡Oh, no! No se trata de nada de eso. Primero he sospechado que podía ser estricnina, pero las convulsiones no eran las típicas. No es nada oficial, claro, pero me juego mi reputación a que es taxina.

—¿Cuánto tiempo tardaría en hacer efecto?

—Depende. Una hora, dos, tres... El muerto parece un tipo tragón. Si había desayunado bien, eso habría retardado los efectos.

—El desayuno —repitió Neele pensativo—. Sí, parece que ha debido de ser en el desayuno.

—Desayuno con los Borgia —rio Bernsdorff alegremente—. Bien, buena caza, amigo.

—Gracias, doctor. Quisiera hablar con mi sargento.

Volvieron a oírse los zumbidos, los chasquidos y las voces fantasmales. Y, al fin, una respiración agitada, que era el inevitable preludio de las conversaciones del sargento Hay.

—Señor... —Se oyó una voz ansiosa—. ¿Señor...?

—Neele al habla. ¿El difunto ha dicho algo que yo deba saber?

—Ha dicho que fue el té. El té que tomó en la oficina, pero el médico dice que no.

—Sí, ya lo sé. ¿Nada más?

—No, señor. Pero hay una cosa extraña. He registrado los bolsillos del traje. Lo de siempre: pañuelos, llaves, calderilla, la cartera, pero había algo francamente peculiar en el bolsillo derecho de la chaqueta. Había cereales.

—¿Cereales?

—Sí, señor.

—¿Qué quiere decir con cereales? ¿Se refiere a los que se toman para desayunar? ¿Copos de maíz? ¿O se refiere a trigo o cebada?

—Eso es, señor. A mí me ha parecido que era centeno. Llevaba un buen montón.

—¡Qué raro! Pero puede tratarse de una muestra, algo relacionado con algún trato comercial.

—Desde luego, señor, pero he pensado que debía decírselo.

—Ha hecho bien, Hay.

El inspector Neele colgó el teléfono y permaneció unos

instantes mirando al vacío. Su mente ordenada iba de la fase uno a la fase dos de sus pesquisas; de la sospecha de envenenamiento a la certeza. Las palabras del profesor Bernsdorff eran extraoficiales, pero era un hombre que no solía equivocarse. Rex Fortescue había sido envenenado, y el veneno le había sido administrado con toda probabilidad de una a tres horas antes de la aparición de los primeros síntomas. Era posible, pues, que el personal de la oficina quedara libre de sospecha.

Neele fue a la sala de las mecanógrafas. Ofrecía un aspecto normal, pero se trabajaba sin prisas.

—¿Miss Griffith? ¿Puedo hablar con usted?

—Desde luego, Mr. Neele. ¿Pueden irse a comer algunas de las chicas? Hace rato que pasa de la hora. ¿O prefiere que envíe a buscar algo?

—No. Pueden marcharse, pero deben volver después.

—Por supuesto.

Miss Griffith siguió a Neele hasta su despacho particular, donde se sentó con aire digno y eficiente.

—Me han telefoneado del hospital —anunció el inspector Neele sin preámbulos—. Mr. Fortescue ha muerto a las doce cuarenta y tres.

Miss Griffith recibió la noticia sin la menor sorpresa, y se limitó a negar con la cabeza.

—Ya me pareció que su estado era muy grave.

Neele observó que no demostraba pesar alguno.

—¿Podría facilitarme datos de la casa y de la familia?

—Desde luego. He intentado ponerme en contacto con Mrs. Fortescue, pero está jugando al golf y no la esperan a comer. No saben en qué campo juega —manifestó, y agregó a modo de explicación—: Viven en Baydon Heath, que está en medio de tres campos de golf muy conocidos.

El inspector Neele asintió. Baydon Heath era una zona residencial habitada casi en exclusiva por gente rica. Estaba a unos treinta kilómetros de Londres, tenía una excelente comunicación por tren, y en coche se llegaba con gran facilidad, incluso durante las horas de mayor tráfico.

—¿La dirección exacta y el número de teléfono?

—Baydon Heath 3400. El nombre de la casa es Yewtree Lodge.

—¿Qué? —La exclamación brotó de labios del inspector antes de que pudiera contenerla—. ¿Ha dicho usted Yewtree Lodge? ¿Una cabaña?

—Sí.

Miss Griffith parecía intrigada, pero el inspector Neele se recuperó enseguida.

—¿Puede darme más detalles sobre la familia?

—Mrs. Fortescue es la segunda esposa. Es mucho más joven que él. Se casaron hará unos dos años. La primera Mrs. Fortescue murió hace mucho, y del primer matrimonio hay dos hijos y una hija. La hija vive en la casa, igual que el hijo mayor, que es socio de la firma. Por desgracia hoy está en un viaje de negocios por el norte de Inglaterra. Esperan que vuelva mañana.

—¿Cuándo se marchó?

—Anteayer.

—¿Ha intentado usted ponerse en contacto con él?

—Sí. Después de que se llevaran a Mr. Fortescue al hospital he llamado al Midland Hotel de Mánchester, donde supuse que se alojaba, pero se había marchado a primera hora de la mañana. Creo que también pensaba ir a Sheffield y a Leicester, pero no estoy segura. Puedo darle los nombres de algunas firmas con las que tal vez tuviera que tratar en esas ciudades.

Desde luego, era una mujer muy eficiente, pensó el inspector, y en el caso de asesinar a un hombre, también lo haría con suma destreza. Pero se obligó a desechar estos pensamientos y a concentrarse una vez más en la familia de Fortescue.

—¿Dice que tiene otro hijo?

—Sí. Pero debido a discrepancias con su padre vive en el extranjero.

—¿Los dos hijos están casados?

—Sí, Mr. Percival lleva tres años casado. Él y su esposa ocupan un apartamento en Yewtree Lodge, aunque van a trasladarse a su propia casa en Baydon Heath dentro de muy poco.

—¿Tampoco ha podido hablar con Mrs. Percival Fortescue cuando ha telefoneado esta mañana?

—No, ella ha venido a Londres a pasar el día. El otro hijo, Mr. Lancelot, se casó hace casi un año con la viuda de lord Frederick Anstice. Supongo que habrá visto fotografías suyas en el *Tatler* con caballos, ya sabe, en el hipódromo.

Miss Griffith parecía algo sofocada y sus mejillas se habían coloreado ligeramente. Neele, que captaba con facilidad las reacciones de los seres humanos, comprendió que aquel matrimonio había emocionado a la parte esnob y romántica de Miss Griffith. Para ella, la aristocracia era la aristocracia, y con seguridad le era desconocido el hecho de que el difunto lord Frederick Anstice gozara de una dudosa reputación en los círculos deportivos. Freddie Anstice se había levantado la tapa de los sesos antes de que los jueces hípicos comenzaran las averiguaciones acerca de la actuación de uno de sus caballos. Neele recordaba vagamente a la esposa. Era hija de un matrimonio irlandés y estuvo anteriormente casada con un aviador, muerto en la batalla de Inglaterra.

Y ahora, por lo visto, estaba casada con la oveja negra de la familia Fortescue, porque Neele supuso que el desacuerdo con su padre, mencionado por Miss Griffith, había sido debido a algún desagradable incidente en la carrera de Lancelot Fortescue.

¡Lancelot Fortescue! ¡Vaya nombre! ¿Y cómo se llamaba el otro hijo? ¡Percival! Se preguntó cómo debió de ser la primera Mrs. Fortescue. Desde luego, tuvo un gusto muy particular en cuanto a los nombres.

Descolgó el teléfono y le dio a la operadora el número de Baydon Heath 3400.

—Baydon Heath 3400 —contestó una voz masculina al otro lado de la línea.

—Quisiera hablar con Mrs. Fortescue o Miss Fortescue.

—Lo lamento. No están en casa ninguna de las dos.

La voz le pareció ligeramente alcohólica.

—¿Es usted el mayordomo?

—Sí.

—Mr. Fortescue se encuentra gravemente enfermo.

—Lo sé. Han telefoneado para avisarnos, pero yo no puedo hacer nada. Mr. Val está en el norte y Mrs. Fortescue está jugando al golf. Su nuera ha ido a Londres, pero volverá a la hora de comer. Miss Elaine ha salido con su grupo de niñas exploradoras.

—¿No hay nadie en la casa con quien pueda hablar de la enfermedad de Mr. Fortescue? Es importante.

—No lo sé. —El hombre dudó—. Está Miss Ramsbottom, pero no habla nunca por teléfono. Y Miss Dove, que es lo que podría llamarse el ama de llaves.

—Hablaré con Miss Dove.

—Iré a buscarla.

A través del teléfono oyó cómo sus pasos se alejaban. No oyó otros acercarse, pero al cabo de un par de minutos le habló una voz de mujer.

—Miss Dove al habla.

Era una voz grave y bien modulada, de pronunciación clara. El inspector Neele se formó una imagen favorable del ama de llaves.

—Siento tener que comunicarle que Mr. Fortescue ha muerto en el hospital St. Jude. Se sintió repentinamente enfermo en su despacho. Me gustaría hablar con sus familiares.

—Por supuesto. No sabía... —se interrumpió. Su voz no demostraba agitación, pero sí sorpresa. Continuó—: ¡Es una pena! Debe usted ponerse en contacto con Mr. Percival

Fortescue. Él se ocupará de disponer los arreglos necesarios. Puede encontrarlo en el Midland Hotel de Mánchester o tal vez en el Grand de Leicester. Podría probar también en Shearer & Bonds, de Leicester. Desconozco cuál es el número de teléfono, pero sé que iba a visitar esa firma. Tal vez ellos puedan decirle dónde encontrarlo. Mrs. Fortescue vendrá a cenar, aunque es posible que llegue a la hora del té. Será un duro golpe para ella. Ha sido muy repentino, ¿no? Mr. Fortescue se encontraba perfectamente bien cuando ha salido de aquí esta mañana.

—¿Lo ha visto antes de salir?

—¡Oh, sí! ¿Qué ha sido? ¿El corazón?

—¿Es que sufría del corazón?

—No, no. No lo creo. Pero como ha ocurrido tan de repente... —Se detuvo—. ¿Habla usted desde el hospital? ¿Es usted médico?

—No, Miss Dove, no soy médico. Le hablo desde el despacho de Mr. Fortescue. Soy el detective inspector Neele, del Departamento de Investigación Criminal, e iré a verla en cuanto pueda.

—¿Detective inspector? ¿Quiere decir que...? ¿Qué quiere decir?

—Se trata de un caso de muerte repentina, Miss Dove, y cuando hay una muerte repentina, nos llaman, en especial si el difunto no ha sido visitado por un médico desde hace tiempo, como me figuro que es el caso.

Solo lo insinuó, pero Miss Dove respondió enseguida:

—Lo sé. Percival reservó hora con el médico en un par de ocasiones, pero no pudo ir. Era poco razonable, todos estaban preocupados. —Se interrumpió y volvió a adoptar su tono firme—. Si Mrs. Fortescue regresa antes de que usted llegue, ¿qué quiere que le diga?

«Práctica hasta la médula», pensó.

—Dígale solo que en casos de muerte inesperada debemos hacer algunas averiguaciones. Puros trámites rutinarios.

Capítulo 3

Neele apartó el teléfono y miró a Miss Griffith.

—De modo que han estado preocupados por él últimamente y querían que viera a un médico. Usted no lo ha mencionado.

—No he caído —replicó Miss Griffith—. Nunca me pareció que estuviera enfermo, en realidad.

—¿Qué le parecía, entonces?

—Solo extraño. Distinto. Peculiar en sus maneras.

—¿Preocupado por algo?

—¡Oh, no, no lo estaba! Éramos nosotros los que estábamos preocupados.

El inspector Neele aguardó con paciencia.

—La verdad, es difícil de explicar. A veces tenía arranques. Un par de veces pensé que había bebido. Gritaba, contando las historias totalmente extraordinarias, que estoy segura de que no eran ciertas. Durante la mayor parte del tiempo que llevo aquí, siempre fue reservado sobre sus negocios, nunca explicaba nada. Pero en los últimos tiempos estaba muy cambiado, más alegre y derrochador. Era impropio de él. El día en que el botones tuvo que ir al funeral de su abuela, Mr. Fortescue le dio un billete de cinco libras y le dijo que lo apostara al segundo favorito, y luego se echó a reír a carcajadas. No era el mismo de siempre. Eso es todo lo que puedo decirle.

—¿Se comportaba tal vez como si tuviera algo en mente?

—No en el sentido estricto de la palabra. Era como si esperara algo agradable, excitante.

—Quizá algún negocio importante en ciernes.

Miss Griffith asintió con más convicción.

—Sí, sí, yo diría que era algo así. Como si los asuntos cotidianos le trajeran sin cuidado. Estaba excitado, y venían a verlo gentes muy extrañas. Personas que no habían venido nunca por aquí. Eso preocupaba mucho a Mr. Percival.

—Eso lo preocupaba, ¿eh?

—Sí. Mr. Percival siempre había gozado de la confianza de su padre. Pero últimamente...

—Últimamente no se llevaban tan bien.

—Mr. Fortescue hacía muchas cosas que Mr. Percival consideraba poco acertadas. Siempre ha sido un joven cuidadoso y prudente, pero de pronto su padre dejó de aceptar sus consejos. Y esto lo preocupaba.

—¿Y tuvieron una fuerte pelea?

El inspector Neele seguía tanteando.

—No creo que pelearan. Claro que ahora me doy cuenta de que Mr. Fortescue debía de estar fuera de sí para gritar de aquel modo.

—¿Gritó? ¿Qué dijo?

—Vino a la sala de mecanógrafas.

—¿De modo que todas lo oyeron?

—Sí. Insultó a Percival y le dijo de todo.

—¿Qué dijo que había hecho Percival?

—Al parecer era por lo que no había hecho. Lo llamó miserable chupatintas. Dijo que carecía de visión, que no sabía realizar negocios a gran escala. Dijo: «Voy a traer a Lance a casa otra vez. Vale diez veces más que tú y ha conseguido un buen matrimonio. Lance es impetuoso, aunque en una ocasión se arriesgó a ser perseguido por la justicia». ¡Oh, Dios mío, no debería haber dicho eso! —Miss Griffith, bajo la dirección experta del inspector Neele, como tantos otros, había hablado de más y estaba confusa.

—No se preocupe —la consoló el inspector—. Lo pasado, pasado está.

—Oh, sí. Eso fue hace mucho tiempo. Mr. Lance era joven e impulsivo, y no se daba cuenta de lo que hacía.

El inspector Neele había oído palabras parecidas en otras ocasiones y no estaba de acuerdo, pero pasó a hacer nuevas preguntas.

—Cuénteme algo más de los empleados.

Miss Griffith se apresuró a disimular su indiscreción, dándole toda clase de informaciones acerca de las distintas personas de la firma. El inspector Neele le dio las gracias y pidió si podía volver a hablar con Miss Grosvenor.

El detective Waite afiló su lápiz y comentó con aire nostálgico que ese era un lugar elegante. Paseó la mirada en especial por los enormes butacones, el inmenso escritorio y la iluminación indirecta.

—Y todas estas personas tienen nombres altisonantes. Grosvenor tiene algo que ver con un duque, y Fortescue también es un nombre con clase.

El inspector Neele sonrió.

—Su padre no se llamaba Fortescue, sino Fontescu, y procedía de Centroeuropa. Supongo que el hombre pensó que Fortescue sonaba mejor.

El detective Waite miró a su superior con respeto.

—Está usted bien informado, señor.

—Solo he comprobado algunas cosas antes de venir.

—No estará fichado, ¿verdad?

—Oh, no. Mr. Fortescue era demasiado listo. Tenía ciertas vinculaciones con el mercado negro e intervino en un par de operaciones digamos que discutibles, pero siempre dentro de la legalidad.

—Ya —contestó Waite—. Un tipo poco agradable.

—Astuto —opinó Neele—. Pero no tenemos nada. Los de Hacienda fueron tras él durante mucho tiempo, pero siempre fue más listo. Era un verdadero genio de las finanzas.

—¿De la clase de hombres que pueden tener enemigos? —preguntó Waite con un tono esperanzado.

—Desde luego. Pero recuerde que lo envenenaron en su propia casa. O por lo menos eso parece. Sabe, Waite, creo adivinar un patrón: el anticuado y típico patrón familiar. Percival, el niño bueno. Lance, el mal hijo, atractivo para las mujeres. La esposa más joven que el marido y que no dice a qué campo de golf ha ido a jugar. Todo muy normal. Pero hay una cosa que llama la atención.

El agente Waite iba a preguntar: «¿El qué?» cuando se abrió la puerta y entró Miss Grosvenor, que había recuperado su pose y su esplendor habituales.

—¿Deseaba usted verme? —dijo altiva.

—Quisiera hacerle algunas preguntas acerca de su jefe. Quizá será mejor que diga «su antiguo jefe».

—Pobre hombre —musitó Miss Grosvenor en tono poco convincente.

—Quiero saber si últimamente había notado algo distinto en Mr. Fortescue.

—En realidad, sí.

—¿En qué sentido?

—No sé explicarlo. Decía muchas tonterías. No me creía ni la mitad de ellas. Además, se enfadaba con facilidad, sobre todo con Mr. Percival. Conmigo no, porque desde luego yo nunca discuto. Solo digo «sí, Mr. Fortescue», por extrañas que sean sus palabras, quiero decir.

—¿Se propasó alguna vez con usted?

—No, yo no diría eso —replicó Miss Grosvenor como si lo lamentara.

—Otra cosa, Miss Grosvenor. ¿Tenía costumbre de llevar cereales en el bolsillo?

Miss Grosvenor demostró viva sorpresa.

—¿Cereales? ¿En su bolsillo? ¿Quiere decir para dar de comer a las palomas o algo así?

—Podría ser.

—Estoy segura de que no. ¿Mr. Fortescue dando de comer a las palomas? Oh, no.

—¿Podría haber llevado hoy cebada o centeno por alguna razón especial? ¿Tal vez una muestra? ¿Algún negocio?

—Claro que no. Esta tarde esperaba a una comisión de la Asiatic Oil, al presidente de la Atticus Building Society. A nadie más.

Neele despidió a Miss Grosvenor con un gesto.

—Tiene unas piernas preciosas —comentó Waite con un suspiro, cuando la secretaria ya se había ido—. Y lleva unas medias de nailon de primera.

—Sus piernas no me ayudan —replicó el inspector Neele—. Sigo como antes. Un bolsillo lleno de centeno y ninguna explicación.

Capítulo 4

Mary Dove se detuvo mientras bajaba la escalera para mirar a través del gran ventanal. Un coche acababa de detenerse frente a la casa, y de él se apearon dos hombres. El más alto permaneció unos momentos de espaldas, contemplando los alrededores. Mary Dove los observó pensativa. Debía de ser el inspector Neele y uno de sus subalternos.

Se apartó de la ventana y se contempló en el espejo de cuerpo entero que había en un rellano de la escalera. Vio una figura menuda, vestida de gris, con el cuello y los puños de un blanco inmaculado. Llevaba el pelo oscuro peinado con raya en medio y recogido en un moño sobre la nuca. Sus labios estaban pintados de un color rosa pálido.

En conjunto, Mary Dove estaba satisfecha de su aspecto. Con una ligera sonrisa, continuó descendiendo por la escalera.

El inspector Neele, mientras observaba la casa, se decía: «Mira que llamarla cabaña... ¡Yewtree Lodge! ¡Qué cursis son los ricos!». Para él aquello era una mansión. Y él lo sabía de buena tinta: ¡había crecido en una! Una casita en la entrada de Hartington Park, aquella vasta mansión con veintinueve dormitorios, que ahora pertenecía al National Trust. El pabellón era pequeño y bonito desde el exterior, pero húmedo, incómodo y falto de todo, salvo un baño primitivo. Por fortuna estos aspectos habían sido aceptados como correctos y adecuados por los padres del inspector

Neele. No tenían que pagar alquiler y había poco que hacer, aparte de abrir y cerrar las verjas cuando era necesario, y se podían encontrar muchos conejos y algún que otro faisán para llevarse a la olla. Mrs. Neele nunca llegó a conocer los placeres de las planchas eléctricas, las cocinas de gas, la nevera, el agua caliente y fría saliendo del grifo, y que se encendiese la luz con solo accionar el interruptor. En invierno, los Neele tenían una lámpara de aceite y en verano se acostaban cuando se ponía el sol. Era una familia sana y feliz, aunque no vivían al compás de los tiempos.

De modo que cuando el inspector oía la palabra *lodge* recordaba los días de su infancia. Pero este lugar bautizado pomposamente Yewtree Lodge era la clase de mansión que se construían los ricos y que después llamaban «su casita de campo». Tampoco aquello era en realidad el campo, según la idea que el inspector Neele tenía del mismo. La casa era grande y sólida, de ladrillo visto, más ancha que alta, y con demasiados adornos y ventanas con cristales emplomados. Los jardines se veían artificiales, con rosales, pérgolas y estanques, y como correspondía al nombre de la casa, había un gran número de setos formados con tejos.

Había suficientes tejos para cualquiera que deseara obtener taxina. En la parte derecha, detrás de la rosaleda, quedaba algo de naturaleza virgen: había un enorme tejo de esos que uno asocia al cementerio de una iglesia, con sus ramas aguantadas por estacas, como un Matusalén del mundo vegetal. Aquel árbol debía de estar allí desde mucho antes de que la plaga de casas de ladrillos rojos se extendiera por los alrededores, antes de que se instalaran los campos de golf y antes de que los arquitectos de moda aconsejaran a sus ricos clientes sobre las ventajas de construir su mansión en este o aquel solar. Y puesto que era una antigüedad valiosa, aquel árbol había sido incorporado al nuevo escenario, y quizá dio nombre a Yewtree Lodge. Y posiblemente las hojas de aquel mismo árbol...

El inspector Neele dejó de cavilar. Debía continuar con su trabajo. Llamó al timbre.

Le abrió la puerta un hombre de mediana edad que coincidía con la imagen que se había formado al hablar con él por teléfono. Un hombre con un falso aire de elegancia, mirada esquiva y pulso bastante inseguro.

El inspector Neele dio su nombre y el de su acompañante, y tuvo el placer de ver la alarma en los ojos del mayordomo. Neele no le atribuyó gran importancia. Era muy posible que no tuviera nada que ver con la muerte de Rex Fortescue y se tratase solo de una reacción espontánea.

—¿Ha regresado Mrs. Fortescue?

—No, señor.

—¿Y Mr. Percival Fortescue o Miss Fortescue?

—No, señor.

—Entonces quisiera ver a Miss Dove.

El mayordomo volvió ligeramente la cabeza.

—Ahora baja.

El inspector Neele contempló a Mary Dove mientras la joven bajaba la escalera con mucha compostura. Esta vez su retrato mental no coincidía con la realidad. De manera inconsciente, el cargo de ama de llaves le había hecho formarse la vaga idea de una mujer mayor y autoritaria, vestida de negro y acompañada del tintineo de llaves.

El inspector no estaba preparado para enfrentarse con aquella figura menuda que se le acercaba. Los tonos suaves del vestido, el cuello y los puños blancos, los cabellos bien peinados, la ambigua sonrisa de Mona Lisa. En cierto modo, todo ello le parecía un tanto irreal, como si aquella mujer, que apenas tendría treinta años, estuviera representando un papel, no el de ama de llaves, sino el de Mary Dove.

Ella lo saludó con mucha corrección.

—¿El inspector Neele?

—Sí. Este es el sargento Hay. Como ya le he dicho por

teléfono, Mr. Fortescue ha muerto en el hospital St. Jude a las doce y cuarenta y tres minutos. Parece probable que se deba a algo que ha tomado en el desayuno. Por lo tanto, le agradeceré que permita al sargento Hay ir a la cocina para averiguar lo que han servido.

La mirada pensativa de la joven se encontró por un instante con la del inspector y después asintió.

—Desde luego. —Se volvió hacia el inquieto mayordomo—: Crump, ¿quiere acompañar al sargento y enseñarle todo lo que desee ver?

Los dos hombres se marcharon y Miss Dove se dirigió a Neele.

—¿Quiere pasar por aquí, inspector?

Mary Dove abrió la puerta de una habitación y entró. Se trataba de una habitación sin ninguna personalidad y que, evidentemente, era el salón de fumar, con las paredes tapizadas, butacones y varias litografías de temas deportivos para crear ambiente.

—Siéntese, por favor.

Él se sentó y Mary Dove tomó asiento frente a él, de cara a la luz. Una extraña preferencia tratándose de una mujer, aún más si tenía algo que ocultar. Quizá Miss Dove no tuviera nada que ocultar.

—Es una lástima que no haya en la casa nadie de la familia. Mrs. Fortescue puede volver de un momento a otro, y lo mismo Mrs. Val. En cuanto a Mr. Percival Fortescue, he enviado telegramas a varios lugares para localizarlo.

—Gracias, Miss Dove.

—Dice usted que la muerte de Mr. Fortescue se debe a algo que ha comido para desayunar. ¿Se refiere a una intoxicación?

—Posiblemente. —Neele la observaba.

—Parece poco probable. Esta mañana había huevos revueltos con beicon, café, tostadas y mermelada. También había jamón en el aparador, cortado de ayer, pero a nadie le ha sentado mal. No había pescado, ni tampoco salchichas. Nada de eso.

—Veo que sabe con exactitud lo que se ha servido.

—Es natural. Yo organizo las comidas. Para la cena de anoche...

—No —la interrumpió el inspector—. No pudo ser nada que tomara ayer noche.

—Creía que una intoxicación tardaba hasta veinticuatro horas en producir efecto.

—No en este caso. ¿Quiere decirme lo que Mr. Fortescue ha comido y bebido esta mañana antes de salir de casa?

—Le han llevado una taza de té a su habitación, a las ocho. El desayuno se sirve a las nueve y cuarto. Mr. Fortescue ha tomado huevos revueltos, beicon, café, tostadas y mermelada.

—¿Algún cereal?

—No, no le gustaban.

—El azúcar que utiliza, ¿es molido o en terrones?

—En terrones. Pero Mr. Fortescue bebía el café sin azúcar.

—¿Tenía la costumbre de tomar alguna medicina por la mañana? ¿Sal de frutas? ¿Algún tónico? ¿Algún digestivo?

—No, nada de eso.

—¿Ha desayunado usted con él?

—No. Yo no como con la familia.

—¿Quiénes han desayunado con Mr. Fortescue?

—Mrs. Fortescue, Miss Elaine y la esposa de Mr. Percival Fortescue. Mr. Percival estaba ausente, claro.

—¿Mrs. Fortescue y Miss Elaine han tomado lo mismo?

—La señora solo café, zumo de naranja y tostadas. Mrs. Val y Miss Fortescue siempre desayunan fuerte. Además de los huevos revueltos y el beicon, es posible que también hayan tomado algún cereal. Mrs. Val bebe té en vez de café.

El inspector Neele reflexionó unos instantes. Por lo menos se iban reduciendo las posibilidades. Solo tres personas habían desayunado con el difunto: su esposa, su hija y su nuera. Cualquiera de ellas pudo tener ocasión de poner taxina en su café. El sabor amargo debió de disimular el de la taxina. Claro que tomó una taza de té a primera hora, pero Bernsdorff había dicho que en el té se hubiera notado, aunque fuera lo primero que tomara a aquellas horas, antes de despertarse del todo. Alzó la mirada y descubrió que Mary Dove lo observaba.

—Sus preguntas sobre si tomaba algún tónico o medicamento me han parecido bastante extrañas, inspector. Parece implicar que había algo malo en uno de los medicamentos o que le añadieron algo. Sin duda, en ninguno de esos casos se hablaría de intoxicación.

Neele la miraba fijamente.

—Yo no he dicho exactamente que Mr. Fortescue muriera intoxicado. Pero sí debido a cierto envenenamiento. En resumen: envenenado.

—Envenenado —repitió ella despacio.

No parecía ni sobresaltada ni abatida, solo interesada. Su actitud era la de quien vive una nueva experiencia.

De hecho, lo confirmó al cabo de un momento de reflexión:

—Hasta ahora nunca me había visto mezclada en un caso de envenenamiento.

—No es muy agradable —la informó Neele con sequedad.

—No, supongo que no.

Permaneció pensativa unos momentos y luego alzó la vista, sonriendo.

—Yo no he sido. Pero supongo que todo el mundo dirá lo mismo.

—¿Tiene alguna idea de quién lo hizo, Miss Dove?

Ella se encogió de hombros.

—Con franqueza, era un hombre odioso. Cualquiera pudo hacerlo.

—Pero a la gente no la envenenan solo por ser «odiosa», Miss Dove. Por lo general tiene que haber un motivo bastante más sólido.

—Sí, claro —señaló pensativa.

—¿Le importaría contarme más sobre la gente de la casa?

Ella lo observó y Neele se sorprendió un poco al ver una mirada tranquila y divertida.

—No es precisamente una declaración lo que me pide, ¿verdad? No, no puede serlo, porque su sargento está muy atareado asustando al servicio. No me gustaría que lo que yo diga se lea luego ante un juez, pero de todas formas me gustaría decírselo... de manera extraoficial.

—Adelante, Miss Dove. No tengo testigos, como ya ha observado.

La joven se echó hacia atrás con las piernas cruzadas y los ojos entrecerrados.

—Le diré en primer lugar que no siento la menor lealtad hacia mis patronos. Trabajo para ellos porque es un trabajo bien pagado e insisto en que me paguen bien.

—No le negaré que me sorprende encontrar a una persona como usted haciendo este tipo de trabajo, alguien con su inteligencia y educación.

—¿Estaría mejor encerrada en una oficina? ¿O rellenando fichas en un ministerio? Mi querido inspector Neele, este es el empleo ideal. La gente paga lo que sea... Lo que sea para evitarse preocupaciones domésticas. Encontrar y contratar personal de servicio es una tarea profundamente aburrida. Escribir a las agencias, poner anuncios, entrevistar a los aspirantes, pedir informes y, por último, lograr que todo marche bien precisa cierta capacidad de la que carecen la mayoría de las personas.

—Supongamos que una vez conseguido el personal necesario, la gente se marcha. A veces ocurre.

Mary sonrió.

—Si es necesario, puedo hacer las camas, limpiar el polvo, preparar la comida y servirla sin que nadie note la diferencia. Claro que yo eso no lo digo, podría dar ciertas ideas. Pero siempre tengo la certeza de poder cubrir cualquier imprevisto, aunque no suele haberlos. Trabajo para gente muy rica que paga lo que sea por sentirse cómoda. Yo a mi vez pago los mejores salarios y por eso consigo lo mejor de lo mejor.

—¿El mayordomo, por ejemplo?

Le dirigió una mirada divertida.

—Siempre pasa eso cuando se trata de una pareja. Crump sigue en la casa porque su mujer, Mrs. Crump, es una de las mejores cocineras que he conocido. Es una joya y hay que pasar por alto algunas cosas para poder conservarla. A nuestro Mr. Fortescue le gusta... le gustaba, quiero decir, comer. En esta casa nadie tiene manías y sí mucho dinero. Mantequilla, huevos, crema..., Mrs. Crump puede pedir lo que quiera. Y en cuanto a Crump, se limita a cumplir su cometido. Limpia bien la plata y no sirve la mesa del todo mal. Yo guardo la llave de la bodega, vigilo el whisky y la ginebra, y superviso su trabajo.

El inspector arqueó las cejas.

—¡La admirable Miss Crichton!

—Yo creo que deberíamos saber hacerlo todo, aunque es probable que nunca necesitemos llevar a cabo todas las tareas. Pero usted quería que le hablara de la familia.

—Si no le importa.

—La verdad es que todos son aborrecibles. El difunto Mr. Fortescue era un sinvergüenza de los que siempre juegan sobre seguro. Presumía de sus habilidades. Era rudo y cargante, un verdadero rufián. Mrs. Fortescue, Adele, su segunda esposa, tiene unos treinta años menos que él. La conoció en Brighton. Era una esteticista en busca de un marido rico. Es muy atractiva, un auténtico trofeo, ya me comprende.

El inspector Neele estaba sorprendido, pero procuró no

demostrarlo. Una chica como Mary Dove no debería decir cosas semejantes.

La joven prosiguió con tranquilidad:

—Adele, desde luego, se casó con él por dinero, y, como es natural, su hijo Percival y su hija Elaine están furiosos con ella. Se comportan de la forma más desagradable que pueden, pero ella, muy sabiamente, no les hace caso y ni siquiera los escucha. Sabe que tiene al viejo en el bolsillo. ¡Oh, ya he vuelto a equivocarme! Todavía no me hago a la idea de que ha muerto.

—Hábleme del hijo.

—¿Del querido Percival? Val, como lo llama su esposa. Percival es falso e hipócrita, muy estirado y astuto. Su padre lo tiene aterrorizado, y siempre se ha dejado dominar, pero es lo bastante listo como para salirse con la suya. Al revés que su padre, es muy tacaño. La economía es una de sus pasiones. Por eso ha tardado tanto en encontrar casa. Vivir aquí le ha ahorrado mucho dinero.

—¿Y su esposa?

—Jennifer es dócil y parece bastante estúpida. Pero no estoy muy segura. Antes de casarse era enfermera en un hospital, cuidó de Percival durante una pulmonía y se enamoraron. El viejo no aprobó el matrimonio. Era un esnob y quería que Percival consiguiera lo que él llamaba «una buena boda». Despreciaba a la pobre chica. Creo que ella le tiene... le tenía una profunda simpatía. Sus principales aficiones son ir de compras y al cine. Y su mayor contrariedad es que su esposo le dé poco dinero.

—¿Y qué hay de la hija?

—¿Elaine? Me da bastante lástima. No es mala persona. Una de esas colegialas que no crecen nunca. Practica varios deportes y hace también de monitora de chicas exploradoras y cosas por el estilo. No hace mucho tuvo un pretendiente, un joven maestro, pero su padre descubrió que tenía ideas comunistas y acabó con el idilio.

—¿No tuvo valor para hacerle frente?

—Ella sí. Fue el joven quien se retiró. Me figuro que por cuestión de dinero. La pobre Elaine no es precisamente atractiva.

—¿Y el otro hijo?

—Nunca lo he visto. Por lo que he oído, es un joven muy atractivo y un bala perdida. Hubo un pequeño asunto con un cheque falsificado, pero eso fue hace muchos años. Ahora vive en África Oriental.

—¿Su padre lo echó de casa?

—Sí. Mr. Fortescue no pudo dejarlo sin un chelín, porque lo había hecho socio de la firma, pero estuvo muchos años sin dirigirle la palabra, y si alguna vez se lo mencionaban, solía decir: «No me habléis de ese ladrón. No es hijo mío». De todas maneras...

—¿Qué, Miss Dove?

—De todas maneras —dijo Mary, despacio— no me sorprendería que el viejo Fortescue tuviera el propósito de hacerlo volver.

—¿Qué le hace pensar eso?

—Hará cosa de un mes, el viejo Fortescue tuvo una terrible pelea con Percival. Descubrió algo que Percival había estado haciendo a sus espaldas, ignoro el qué, pero estaba furioso. De pronto Percival dejó de ser el niño mimado. Ha estado muy extraño en los últimos tiempos.

—¿Mr. Fortescue estaba muy extraño?

—No. Me refería a Percival. Estaba terriblemente preocupado.

—¿Y en cuanto a los criados? Ya me ha descrito a los Crump. ¿Quién más hay?

—Gladys Martin es la doncella o camarera, como las llaman ahora. Limpia las habitaciones de la planta baja, pone la mesa, luego la recoge y ayuda a Crump a servir. Es una chica muy formal, pero de pocas luces.

Neele asintió.

—La otra doncella es Ellen Curtis, ya mayor y de muy mal carácter, pero trabaja bien y es una doncella de primera clase. El resto no vive en la casa, solo son algunas asistentas que vienen a ayudar.

—¿Y estas son las únicas personas que viven aquí?

—Y la anciana Miss Ramsbottom.

—¿Quién es?

—La cuñada de Mr. Fortescue, hermana de su primera esposa. La esposa era mayor que él y su hermana mayor todavía, así que ahora debe de andar por los setenta. Tiene su habitación en el segundo piso. Ella misma se prepara la comida y solo entra allí una mujer a limpiar. Es bastante excéntrica y nunca quiso a su cuñado, pero vino aquí en vida de su hermana, y aquí se quedó tras su muerte. Mr. Fortescue nunca se preocupó demasiado de ella. Tía Effie es todo un carácter.

—¿Eso es todo?

—Eso es todo.

—Bien. Ahora llegamos a usted, Miss Dove.

—¿Quiere detalles de mi vida? Soy huérfana. Estudié secretariado en el St. Alfred's Secretarial College, un curso. Me puse a trabajar como taquimecanógrafa, lo dejé para entrar en otro empleo, pero me di cuenta de que no era un buen negocio y emprendí mi carrera actual. He estado en tres casas distintas. Cada año o año y medio me canso y cambio de casa. En Yewtree Lodge llevo algo más de un año. Le diré al sargento Hay los nombres y direcciones de las familias con las que he trabajado y le daré una copia de mis referencias. ¿Le parece bien?

—Perfecto, Miss Dove. —Neele guardó silencio unos instantes, mientras imaginaba a Miss Dove echando veneno en el desayuno de Mr. Fortescue. Su mente fue todavía más allá, y la vio recogiendo hojas de tejo en una cestita. Con un suspiro volvió a la realidad—. Ahora quisiera ver a esa joven, Gladys, y luego a la doncella, Ellen. —Y agregó, poniéndose en pie—: A propósito, Miss Dove, ¿tiene usted alguna idea de por qué llevaba Mr. Fortescue un puñado de grano en el bolsillo?

—¿Grano?

Lo miró con auténtica sorpresa.

—Sí, grano. ¿Le sugiere algo, Miss Dove?

—Nada en absoluto.

—¿Quién se ocupaba de su ropa?

—Crump.

—Ya veo. ¿Mr. Fortescue y Mrs. Fortescue ocupaban la misma habitación?

—Sí. Él tenía su propio vestuario y su cuarto de baño, claro, igual que ella. —Mary miró su reloj—. Creo que volverá pronto.

El inspector sonrió y dijo con voz agradable:

—¿Sabe una cosa, Miss Dove? Me resulta bastante extraño pensar que, habiendo tres clubs de golf en la vecindad, todavía no hayan podido dar con Mrs. Fortescue en ninguno de ellos.

—No sería tan extraño, inspector, si diera la casualidad de que no hubiese ido a jugar al golf —comentó Mary con voz agria.

—Me informaron con claridad de que había ido a jugar al golf.

—Lo cierto es que se marchó con los palos y dijo que pensaba ir a jugar. Por supuesto, iba en su automóvil.

La miró fijamente, dándose cuenta de la insinuación.

—¿Con quién fue a jugar? ¿Lo sabe usted?

—Creo que quizá fue con Mr. Dubois.

Neele se contentó con responder:

—Ya.

—Le enviaré a Gladys. Es probable que esté muy asustada. —Mary Dove se detuvo un momento en la puerta para decir—: Le aconsejo que no haga mucho caso de lo que he dicho. Soy muy maliciosa.

Y se marchó. El inspector Neele contempló la puerta cerrada y pensó que, con malicia o sin ella, lo que acababa de decirle era bastante sugestivo. Si Rex Fortescue había sido envenenado deliberadamente, y esto era casi seguro, las perspectivas que se le presentaban en Yewtree Lodge le parecían francamente prometedoras. Había motivos de sobra.

Capítulo 5

La muchacha, que entró en la habitación con evidente desagrado, era una joven poco atractiva y de aspecto asustado, que daba una impresión de desaliño a pesar de ser alta y vestir un elegante uniforme.

—Yo no he hecho nada —empezó de inmediato, con una mirada suplicante—. De verdad que no sé nada de esto.

—Está bien —contestó Neele con amabilidad. Su voz había cambiado. Sonaba más alegre y distendida. Quería que Gladys perdiera el miedo—. Siéntese aquí. Solo quiero preguntarle sobre el desayuno de esta mañana.

—Yo no he hecho nada.

—Usted ha servido el desayuno, ¿verdad?

—Sí. —Incluso esta afirmación la hizo de mala gana. Parecía culpable y aterrorizada, pero el inspector Neele estaba acostumbrado a ver testigos con ese mismo aspecto. Prosiguió tranquilamente, intentando calmarla con preguntas como: «¿Quién bajó primero?», «¿Y después?».

Elaine Fortescue había sido la primera en bajar. Llegó cuando Crump entraba con la cafetera. Luego bajó Mrs. Fortescue seguida por Mrs. Val, y, por último, el amo. Ellos mismos se sirvieron. El té, el café y los platos calientes estaban sobre el aparador.

Le dijo muy poco que no supiera. La comida y la bebida

eran las mismas ya descritas por Mary Dove. El amo, su esposa y Elaine tomaron café, y Mrs. Val, té. Todo transcurrió como de costumbre.

Neele la interrogó acerca de sus otros trabajos y la joven respondió con más ánimo. Primero había estado en casas particulares y luego en varios cafés. Al fin decidió volver al servicio doméstico y llegó a Yewtree Lodge en septiembre. Llevaba allí dos meses.

—¿Y le gusta?

—Supongo que no está mal del todo. No te cansas mucho, pero tienes menos libertad.

—Hábleme de los trajes de Mr. Fortescue. ¿Quién los cepillaba y demás?

Gladys lo obsequió con una leve expresión de resentimiento.

—Se supone que esa tarea le corresponde a Mr. Crump, pero la mitad de las veces me obliga a hacerlo a mí.

—¿Quién cepilló y planchó el traje que llevaba Mr. Fortescue hoy?

—No recuerdo de cuál se trataba. Tiene muchos.

—¿Encontró alguna vez grano en el bolsillo de alguno de sus trajes?

—¿Grano? —repitió intrigada.

—Centeno, para ser exactos.

—¿Centeno? Eso es pan, ¿no? Una especie de pan negro. Yo le encuentro un sabor muy desagradable.

—Ese es el pan de centeno, sí. El centeno es el grano. Hemos encontrado un puñado en el bolsillo de la chaqueta de su amo.

—¿En el bolsillo?

—Sí. ¿Sabe usted cómo fue a parar allí?

—No se lo puedo decir. Nunca vi grano en su bolsillo.

No consiguió sacarle nada más.

Durante unos segundos se estuvo preguntando si no sabría algo más de lo que se mostraba dispuesta a admitir.

Desde luego parecía inquieta y a la defensiva, pero lo atribuyó al natural temor que inspira la policía.

Antes de retirarse, la muchacha preguntó:

—¿Entonces es verdad? ¿Ha muerto?

—Sí, ha muerto.

—Fue muy rápido, ¿no? Cuando telefonearon de la oficina dijeron que había tenido un ataque.

—Sí, fue una especie de ataque.

—A una chica que conocí también le daban ataques de improviso. Y siempre me asustaba.

Por un momento, aquellos recuerdos parecieron vencer sus recelos.

El inspector Neele se dirigió a la cocina.

La recepción que tuvo resultó preocupante. Una mujer de enormes proporciones, de rostro arrebolado y armada con un rodillo de amasar avanzó hacia él con aire amenazador.

—¡Policías! —gritó—. ¡Mira que venir aquí diciendo esas cosas! Yo no he hecho nada de eso. Todo lo que he enviado al comedor estaba como es debido. ¡Venir aquí diciendo que yo he envenenado al señor! Haré que la justicia caiga sobre ustedes, policías o no policías. ¡En esta casa jamás se ha servido nada que no estuviera en buenas condiciones!

El inspector necesitó algún tiempo para calmar a la airada artista. El sargento Hay lo miraba sonriendo desde la despensa y Neele comprendió que él también había sufrido las iras de Mrs. Crump.

El teléfono puso fin a la escena.

Neele salió al vestíbulo, donde encontró a Mary Dove atendiendo a la llamada. Escribía un mensaje en un bloc. La muchacha le dijo por encima del hombro:

—Es un telegrama.

Acabó de escribir y le entregó el bloc al inspector. El lugar de origen era París y el texto decía lo siguiente:

Fortescue, Yewtree Lodge, Baydon Heath, Surrey. Lo siento. La carta con retraso. Llego mañana a la hora del té. Espero ternera asada para cenar. Lance.

El inspector Neele enarcó las cejas.

—De modo que el hijo pródigo vuelve al hogar.

Capítulo 6

En el mismo instante en que Rex Fortescue tomaba su última taza de té, Lance Fortescue y su esposa estaban sentados bajo los árboles de los Campos Elíseos, contemplando a los transeúntes.

—Es muy fácil decir «descríbelo», Pat. Siempre he sido un desastre para las descripciones. ¿Qué quieres saber? El viejo es un poco sinvergüenza. Pero no creo que eso te importe demasiado. Ya debes de estar más o menos acostumbrada.

—Sí —replicó Pat—. Sí. Como tú dices, estoy acostumbrada.

Procuró disimular un cierto desamparo. Tal vez, reflexionó, todo el mundo era deshonesto. ¿O era solo que ella no había tenido suerte?

Era una joven alta, de piernas largas, no hermosa, pero con un encanto procedente de su vitalidad y una cálida personalidad. Sabía moverse y tenía un bonito y resplandeciente pelo castaño. Quizá por su larga vinculación con los caballos había adquirido el aire de una yegua pura sangre.

Conocía a fondo a los sinvergüenzas del mundo de las carreras, y ahora, por lo visto, iba a conocer a los sinvergüenzas del mundo financiero. Porque, a pesar de todo, su suegro, al que todavía no conocía, era, en lo que a la ley concernía, un ejemplo de rectitud. Todos esos esnobs que iban por ahí alardeando de «trabajos finos» eran iguales, siempre maniobraban técnicamente al filo de la legalidad. No obstante, Lance, a quien amaba, y que reconocía haber abandonado la buena senda en otros tiempos, tenía una honradez de la que carecían todos aquellos tramposos de éxito.

—Eso no significa que sea un estafador —señaló Lance—. Nada de eso. Pero sabe cómo hacer un trabajito rápido.

—Algunas veces —replicó Pat— me parece que odio a las personas que hacen trabajitos rápidos. —Y agregó—: Tú lo quieres. —Era una afirmación, no una pregunta.

Lance meditó unos instantes.

—Creo que sí, querida —afirmó con cierta sorpresa.

Pat se echó a reír. Lance volvió la cabeza para mirarla y sus ojos se entornaron. ¡Qué adorable era! La amaba. Por ella sería capaz de cualquier cosa.

—En cierto modo es un infierno regresar. La vida de ciudad, volver a casa cada día en el tren de las cinco y dieciocho. No es mi clase de vida. Estoy mucho más a gusto viviendo a salto de mata. Pero supongo que hay que sentar la cabeza en algún momento, y, si me llevas contigo de la mano, puede que incluso resulte un proceso agradable. Y puesto que ha sido el viejo quien lo ha sugerido, hay que sacar el mayor partido posible. Debo confesar que me sorprendió recibir su carta. Percival manchando su buen nombre. Percival, el niño bueno. Percy siempre ha sido un listo. Sí, siempre lo ha sido.

—No creo que vaya a gustarme tu hermano Percival —afirmó Patricia Fortescue.

—No quiero predisponerte en contra suya. Percy y yo nunca nos llevamos bien, eso es todo. Yo malgastaba mi dinero y él lo ahorraba. Yo tenía mala fama por mis amigotes, y Percy hacía lo que llaman «contactos provechosos». Éramos polos opuestos. Siempre lo he considerado un infeliz, y algunas veces he pensado que casi me odiaba. No sé exactamente por qué.

—Me parece que yo sí lo sé.

—¿De veras, querida? Eres tan inteligente. Siempre me he preguntado si... es algo fantástico, pero...

—Bueno, dilo.

—Siempre me he preguntado si no sería Percival quien estuvo detrás de aquel asunto del cheque, cuando el viejo me echó de casa y se puso tan furioso por haberme dado parte de la firma y no poder desheredarme. Porque lo más extraño de todo es que yo no fui. Nadie quiso creerme, desde luego, porque un tiempo antes yo había sacado dinero de la caja para apostarlo a un caballo. Estaba seguro de que podría devolverlo y, en cierto modo, era mi propio dinero. Pero ese asunto del cheque... no. No sé por qué tengo la ridícula idea de que fue Percival, pero el caso es que la tengo.

—Pero a él no iba a servirle de nada. Lo abonaron en tu cuenta.

—Lo sé. Por eso no tiene sentido, ¿no te parece?

Pat se volvió con brusquedad hacia él.

—¿Quieres decir que lo hizo para quitarte de en medio?

—Quizá. Pero bueno, ¡no debería decir una cosa así! Olvídalo. Me pregunto qué dirá Percy cuando vea que regresa el hijo pródigo. ¡Esos ojos de besugo cocido se le van a salir de las órbitas!

—¿Sabe que vuelves?

—¡No me sorprendería que no supiera ni una palabra! El viejo tiene un extraño sentido del humor.

—Pero ¿qué ha hecho tu hermano para que tu padre se disgustara tanto?

—Eso es lo que quisiera yo saber. Debió de ser algo muy gordo para que me escribiera del modo en que lo hizo.

—¿Cuándo recibiste su primera carta?

—Hará unos cuatro..., no, cinco meses. Una misiva muy cauta, pero me ofrecía la rama del olivo. «Tu hermano mayor se ha portado de un modo muy poco satisfactorio en muchos aspectos. Tú has enterrado tus malos vicios y has sentado la cabeza. Te prometo que te será muy rentable. Tú y tu esposa seréis bienvenidos.» Sabes, cariño, creo que el hecho de haberme casado contigo tiene mucho que ver con esto. Al viejo le impresionó que me casara con alguien por encima de mi posición.

Pat se echó a reír.

—¿Qué? ¿Con la chusma aristócrata?

—Eso es. —Lance sonrió—. Pero la chusma no interesa y la aristocracia sí. Deberías ver a la esposa de Percival. Es de las que dicen: «Por favor, pásame la confitura», y a los sellos los llama «estampillas».

Pat no rio. Pensaba en las mujeres de la familia de la que ahora formaba parte. Era un punto que Lance no tenía en cuenta.

—¿Y tu hermana? —le preguntó.

—¿Elaine? No está mal, era bastante joven cuando me fui de casa. Una niña muy ansiosa, pero es probable que ya haya superado esa fase. Se lo tomaba todo muy a pecho.

Aquello no sonaba muy prometedor.

—¿Y nunca te escribió desde que te marchaste?

—No dejé ninguna dirección, pero, de todas maneras, no me hubiera escrito. No somos una familia muy afectuosa.

—No.

Él le echó una rápida mirada.

—¿Estás preocupada? ¿Por mi familia? No hagas caso. No vamos a vivir con ellos. Tendremos nuestra casa en alguna parte, caballos, perros, lo que quieras.

—Pero seguirá existiendo el tren de las cinco y dieciocho.

—Para mí, sí. Ir y venir de la ciudad, apretujados como en una lata de sardinas. Pero tranquilízate, cariño: hay casas de campo incluso en los alrededores de Londres. Y últimamente he sentido arder en mí la fiebre de los negocios. Al fin y al cabo, la llevo en la sangre por las dos ramas.

—Apenas recuerdas a tu madre, ¿verdad?

—Siempre me pareció muy vieja. Lo era, desde luego. Tenía casi cincuenta años cuando nació Elaine. Llevaba montones de cosas que tintineaban, se tumbaba en un sofá y me leía historias de damas y caballeros, que me aburrían. Los *Idilios del rey*, de Tennyson. Supongo que la quería. Era muy inexpresiva. Ahora me doy cuenta.

—No pareces haber querido demasiado a nadie —señaló Pat en tono de desaprobación.

Lance le acarició el brazo.

—Te quiero a ti.

Capítulo 7

El inspector Neele seguía con el telegrama en la mano cuando oyó un coche que frenaba con estrépito ante la puerta principal.

—Esa debe de ser Mrs. Fortescue —apuntó Mary Dove.

El inspector se dirigió a la entrada. Con el rabillo del ojo vio que Mary Dove se retiraba con discreción. Era obvio que no quería tomar parte en la escena que iba a desarrollarse. Una notable demostración de tacto y cautela, y también una gran falta de curiosidad. La mayoría de las mujeres se hubieran quedado, pensó.

Al llegar a la puerta principal vio al mayordomo aparecer por el fondo del vestíbulo. De modo que había oído el coche.

Era un Rolls Bentley cupé. Dos personas se apearon y caminaron hacia la casa. Antes de que pudiesen llamar, la puerta se abrió de par en par. Adele Fortescue miró sorprendida al inspector Neele.

El policía se dio cuenta en el acto de lo hermosa que era, y comprendió la fuerza del comentario de Mary Dove que tanto le había chocado. Adele Fortescue era un verdadero trofeo. Por su figura y tipo recordaba a la rubia Miss Grosvenor. Pero mientras esta última era puro atractivo exterior pero con un interior muy respetable, Adele Fortescue era atractiva por dentro y por fuera, con un encanto que decía simplemente a cada hombre: «Aquí estoy. Soy una mujer». Todo en ella emanaba sexo y, no obstante, sus ojos delataban una mente calculadora. «A Adele Fortescue —pensó Neele— le gustan los hombres, pero siempre preferirá el dinero.»

Su mirada pasó al hombre cargado con los palos de golf que seguía a Adele. Conocía muy bien el tipo. Era de los que se especializaban en esposas jóvenes de viejos ricos. Mr. Vivian Dubois, si era él, hacía gala de una masculinidad un tanto forzada que en realidad no era tal. Era uno de esos tipos que «comprenden» a las mujeres.

—¿Mrs. Fortescue?

—Sí. —Tenía los ojos grandes y azules—. No comprendo...

—Soy el inspector Neele. Lamento tener que darle malas noticias.

—¿Se refiere a algún robo o algo así?

—No. Nada de eso. Se trata de su esposo. Esta mañana se ha sentido repentinamente enfermo.

—¿Rex? ¿Enfermo?

—Hemos estado intentando comunicarnos con usted desde las once y media de la mañana.

—¿Dónde está? ¿Aquí o en el hospital?

—Lo trasladaron al hospital St. Jude. Debe prepararse para recibir una triste noticia.

—¿No querrá decir que... que está muerto?

Se tambaleó hacia delante y se sujetó del brazo del inspector. Él, con la sensación de quien representa una comedia, con expresión grave, la ayudó a entrar en el vestíbulo. Crump los rondaba ansioso.

—Necesita tomar un poco de coñac —sugirió.

—Tiene razón, Crump. Traiga coñac —respondió Dubois con voz profunda, y dirigiéndose al inspector agregó—: Pase por aquí, por favor.

Abrió la puerta de la izquierda y entraron en procesión el inspector Neele con Adele, Vivian Dubois y Crump con una botella y dos copas.

Adele Fortescue se acomodó en una butaca y se cubrió los ojos con una mano. Aceptó la copa que le ofrecía el inspector, pero después de tomar un sorbo, la apartó.

—No lo quiero. Estoy bien. Pero dígame, ¿cómo ha sido? Un ataque, supongo. ¡Pobre Rex!

—No fue un ataque, Mrs. Fortescue.

—¿Ha dicho usted que es inspector? —Fue Dubois quien había formulado la pregunta.

Neele se volvió hacia él.

—Así es —replicó—. Inspector Neele, del Departamento de Investigación Criminal.

Vio la alarma en los ojos oscuros del hombre. A Vivian Dubois no le agradaba la presencia de un inspector del DIC. No le agradaba en absoluto.

—¿Qué ocurre? —preguntó—. ¿Hay algún problema?

Inconscientemente retrocedió un poco en dirección a la puerta. El inspector Neele observó el movimiento.

—Me temo —le dijo a Mrs. Fortescue— que habrá una investigación.

—¿Una investigación? ¿Quiere decir que...? ¿Qué insinúa?

—Creo que esto será muy molesto para usted, Mrs. Fortescue. Pero hay que averiguar cuanto antes lo que ha comido o bebido su esposo esta mañana, antes de salir hacia la oficina.

—¿Quiere decir que podría haber sido envenenado?

—Sí, eso parece.

—No puedo creerlo. ¿Se refiere a una intoxicación?

Su voz bajó una octava al finalizar la frase. El inspector Neele, con rostro imperturbable y voz tranquila, replicó:

—Señora, ¿qué cree usted que insinúo?

Adele Fortescue hizo caso omiso de la pregunta y añadió enseguida:

—Pero si nosotros estamos bien.

—¿Habla por todos los miembros de la familia?

—No, claro, no puedo.

Dubois miró su reloj con gesto exagerado.

—Tendré que marcharme, Adele. Lo siento muchísimo. ¿No te importa, verdad? Están las doncellas, la pequeña Dove y todos los demás.

—Oh, Vivian, no te marches.

Era una súplica, y a Dubois le sentó como un tiro. Apresuró la retirada.

—Lo siento, querida. Tengo una cita importante. A propósito, inspector, me hospedo en Dormy House. Si me necesita para algo...

El inspector Neele asintió. No tenía intención de retenerlo, porque comprendía la apresurada retirada. Vivian Dubois huía de las contrariedades como de la peste.

Adele Fortescue dijo en un intento de salvar la situación:

—Es una sorpresa tan grande regresar y encontrar a la policía en casa.

—Me hago perfecto cargo. Pero era necesario actuar con rapidez para obtener las muestras necesarias de los alimentos, café, té, etcétera.

—¿Té y café? ¡Pero si son inocuos! Supongo que debió de ser ese beicon tan malo que nos traen a veces. Resulta incomible.

—Ya lo averiguaremos, Mrs. Fortescue. No se preocupe. Le sorprendería saber algunas de las cosas que ocurren. Una vez tuvimos un caso de envenenamiento por digitalina. Se habían equivocado y cogieron dedaleras en vez de rábanos picantes.

—¿Cree usted que ha podido suceder algo parecido?

—Lo sabremos con certeza cuando se haya practicado la autopsia.

—La autop... Oh, ya comprendo. —Se estremeció.

—Tienen ustedes muchos tejos por aquí —prosiguió el inspector—. Supongo que no existe posibilidad alguna de que sus hojas se hayan mezclado con algún alimento.

No dejaba de observarla y ella le devolvió la mirada.

—¿Tejos? ¿Acaso son venenosos?

Su expresión era demasiado inocente.

—Se ha dado algún caso de niños que han comido hojas o frutos de tejo con funestos resultados.

Adele se llevó las manos a la cabeza.

—No puedo seguir hablando de esto. ¿Es necesario? Desearía acostarme. No lo aguanto más. Mr. Percival Fortescue lo arreglará todo. Yo no puedo..., no puedo. No es justo que me pregunten a mí.

—Esperamos ponernos en contacto con él lo antes posible. Por desgracia, se encuentra en el norte de Inglaterra.

—Ah, sí, lo había olvidado.

—Solo una cosa más, Mrs. Fortescue. Encontramos una pequeña cantidad de grano en un bolsillo de su esposo. ¿Podría darme alguna explicación?

Ella negó con la cabeza. Parecía muy extrañada.

—¿No podría tratarse de alguna broma? —sugirió Neele.

—No le veo la gracia.

Neele tampoco.

—De momento no la voy a molestar más, señora. ¿Quiere que mande llamar a una de las doncellas? ¿O a Miss Dove?

—¿Qué? —Ella soltó el monosílabo distraídamente y Neele se preguntó en qué estaría pensando.

Ella revolvió en su bolso y sacó un pañuelo.

—Es terrible —dijo con voz temblorosa—. Todavía no me hago a la idea. Estoy aturdida. Pobre Rex. ¡Mi querido Rex!

Sollozó de un modo casi convincente.

El inspector Neele la observó con respeto durante unos instantes.

—Sí que ha sido muy repentino —comentó—. Le enviaré a alguien.

Y fue hacia la puerta y la abrió. Antes de salir se volvió para mirar a Mrs. Fortescue.

Adele Fortescue seguía con el pañuelito ante los ojos, pero sus extremos no lograron ocultarle del todo la boca. En sus labios había una ligera sonrisa.

Capítulo 8

—He recogido lo que he podido —lo informó el sargento Hay—. La mermelada, un poco de jamón, muestras del té, café y azúcar, sobró bastante café y se lo tomó el servicio en el desayuno. Yo diría que eso es importante.

—Sí que lo es. Demostraría que si tomó el veneno en el café, tuvieron que verterlo directamente en su taza.

—Alguno de los presentes. Exacto. He hecho algunas discretas averiguaciones sobre hojas y frutos de tejos, pero nadie ha visto nada parecido en la casa. Tampoco saben nada del cereal del bolsillo. Les parece una idiotez, y a mí también. No parece tratarse de uno de esos maniáticos de la comida que comen cualquier cosa mientras esté cruda. Mi cuñado es de esos. Guisantes crudos, nabos crudos o zanahorias crudas. Pero ni siquiera él come grano. Yo diría que se convierten en algo horrible en el estómago.

Sonó el teléfono y, a una señal del inspector, el sargento Hay se apresuró a descolgarlo. Llamaban desde jefatura. Habían logrado comunicarse con Percival Fortescue, que regresaba a Londres de inmediato.

Cuando el inspector colgó el teléfono, oyó detenerse un coche ante la casa. Crump fue a abrir. La mujer recién llegada venía cargada de paquetes, que el mayordomo se apresuró a coger.

—Gracias, Crump. Pague el taxi, ¿quiere? Tomaré el té enseguida. ¿Están en casa Mrs. Fortescue o Miss Elaine?

El mayordomo vaciló mirando por encima del hombro.

—Tengo malas noticias, señora. Se trata del amo.

—¿Le ha ocurrido algo a Mr. Fortescue?

Neele se acercó.

—Es la esposa de Mr. Percival, inspector.

—¿Qué ha sucedido? ¿Un accidente?

El inspector la estudió mientras respondía. La esposa de Mr. Percival Fortescue era una mujer rolliza con un rictus amargo, de unos treinta años. Sus preguntas reflejaban una gran ansiedad. El inspector pensó que debía de ser una mujer muy aburrida.

—Siento tener que decirle que a Mr. Fortescue lo han llevado esta mañana al hospital St. Jude gravemente enfermo y ha fallecido poco después.

—¿Muerto? ¿Quiere decir que está muerto? —Al parecer las noticias eran todavía más insólitas de lo que esperaba—. Dios mío, qué sorpresa. Mi marido no está aquí. Tendrá que comunicárselo. Está de viaje por el norte. Supongo que en la oficina sabrán decirle dónde. Tendrá que encargarse de todo. Las cosas siempre ocurren en el momento menos oportuno, ¿no es cierto?

Hizo una pausa, pensando en lo ocurrido.

—Supongo que todo depende de dónde se haga el funeral. Me figuro que aquí. ¿O en Londres?

—Eso debe decidirlo la familia.

—Por supuesto. Solo me lo preguntaba.

Por primera vez pareció tomar conciencia directa de la persona con quien estaba hablando.

—¿Es usted de la oficina? —preguntó—. Porque no es médico, ¿verdad?

—Soy inspector de policía. La muerte de Mr. Fortescue fue muy repentina y...

Ella lo interrumpió:

—¿Quiere decir que ha sido asesinado?

Era la primera vez que alguien pronunciaba aquella palabra. Neele observó atentamente el rostro ansioso de la mujer.

—¿Por qué cree eso, señora?

—A veces pasa. Usted dijo muerte repentina y es policía. ¿La ha visto ya? ¿Qué le ha dicho?

—No comprendo a quién se refiere.

—A Adele, desde luego. Siempre le dije a Val que su padre estaba loco al casarse con una mujer mucho más joven. No hay mayor tonto que un viejo tonto. Estaba hechizado por esa terrible criatura. Y ahora vea lo que ha ocurrido. Bonito lío en el que nos ha metido. Fotografías en los periódicos y periodistas hurgando en nuestras vidas.

Se detuvo imaginando sin duda el futuro con crudo realismo. Neele pensó que no debía de resultarle del todo desagradable. Ella se volvió para preguntarle:

—¿Qué ha sido? ¿Arsénico?

—La causa de la muerte todavía no ha sido determinada —respondió Neele con un tono contenido—. Le harán la autopsia y luego empezará la investigación.

—Pero usted ya lo sabe, ¿no es así? De otro modo no hubiera venido.

En su rostro regordete y algo tonto había aparecido una expresión astuta.

—Deben de haber estado comprobando lo que comió y bebió anoche y esta mañana. Y, desde luego, todas las bebidas.

La vio calcular todas las posibilidades y replicó con precaución:

—Es posible que la repentina indisposición de Mr. Fortescue se haya debido a algo que ha comido a la hora del desayuno.

—¿Esta mañana? —Pareció sorprendida—. Es difícil. No veo cómo. —Negó con la cabeza—. A menos que echara algo en el café cuando Elaine y yo no mirábamos.

Una voz discreta dijo a sus espaldas:

—Le he servido el té en la biblioteca, Mrs. Val.

Mrs. Val dio un respingo.

—Oh, gracias, Miss Dove. Sí, me irá muy bien tomar una taza de té. Necesito animarme. ¿Y usted, inspector?

—Gracias, pero ahora no.

La figura rolliza vaciló antes de alejarse lentamente. Mientras desaparecía por la puerta, Mary Dove murmuró:

—No creo que conozca siquiera la palabra *calumnia*.

El inspector Neele no replicó.

—¿Puedo ayudarlo en algo? —continuó Mary Dove.

—¿Dónde puedo encontrar a Ellen, la doncella?

—Lo acompañaré. Está arriba.

Ellen resultó ser bastante arisca, pero no tenía miedo. Su rostro viejo y agrio miró al inspector con una expresión triunfante.

—Es un asunto asombroso, señor. Nunca imaginé que llegaría a servir en una casa donde ocurriera una cosa semejante. Pero en cierto modo no puedo decir que me sorprenda. A decir verdad, hace tiempo que debí despedirme. No me agrada el lenguaje que se emplea en esta casa, ni la cantidad de bebida que se toma, y no apruebo las cosas que suceden. No tengo nada contra Mrs. Crump, pero Crump y esa chica, Gladys, no saben qué es servir. Aunque lo que más me preocupa es lo que ocurre aquí.

—¿A qué se refiere exactamente?

—Pronto se enterará, si es que todavía no lo sabe. Es la comidilla del pueblo. Los han visto aquí y allá, por todas partes. Y eso de fingir que van a jugar al golf, o al tenis... Yo he visto cosas con mis propios ojos y en esta casa. La puerta de la biblioteca estaba abierta, y allí estaban los dos besuqueándose y arrullándose.

El veneno de la solterona era mortal. Neele consideró innecesario preguntarle a quién se refería, pero de todas maneras lo hizo.

—¿A quién voy a referirme? A la señora y a ese hombre.

No tienen vergüenza. Pero si quiere que le diga la verdad, el señor lo sabía. Puso a alguien a vigilarlos. Hubieran acabado divorciándose. En cambio, ha acabado en esto.

—Cuando dice esto se refiere a que...

—Usted ha estado haciendo preguntas sobre lo que él comió y bebió, y quién se lo dio. Han sido los dos, señor, eso es lo que digo. Él consiguió el veneno en cualquier parte y ella se lo administró al señor. No tengo la menor duda de que ocurrió así.

—¿Ha visto usted hojas de tejo en la casa o tiradas por algún lugar?

En sus ojillos brilló la curiosidad.

—¿Tejo? ¿Se refiere a esa porquería venenosa? «No los toques nunca», me decía mi madre cuando yo era pequeña. ¿Fue eso lo que usaron, señor?

—Todavía no lo sabemos.

—Nunca vi que las cogiera. —Ellen parecía decepcionada—. No, no puedo decir que haya visto nada de eso.

Neele le preguntó sobre el centeno encontrado en el bolsillo de Fortescue, pero tampoco sacó nada en claro.

—No, señor. No sé nada.

Siguió haciéndole preguntas, pero sin resultado. Por último preguntó por Miss Ramsbottom.

Ellen vaciló.

—Se lo preguntaré, pero no recibe nunca a nadie. Es una señora muy vieja y un poco extraña.

El inspector insistió, y ella lo condujo de mala gana por un largo pasillo y un pequeño tramo de escalera hasta lo que seguramente en los planos aparecía con el nombre de la habitación de los niños.

Mientras la seguía, miró por una de las ventanas del pasillo y vio al sargento Hay junto al tejo y hablando con un hombre que, sin duda, era el jardinero.

Ellen golpeó con los nudillos la puerta y, una vez obtenido el permiso de entrar, la abrió y anunció:

—Aquí hay un policía que quiere hablar con usted, señorita.

La respuesta debió de ser afirmativa, porque se hizo a un lado para dejar paso a Neele.

La acumulación de muebles en aquella habitación era algo fantástico. El inspector tuvo la sensación de haber vuelto a la época victoriana. Sentada ante una mesa colocada junto a una chimenea con un fuego de gas, una anciana se entretenía haciendo solitarios. Llevaba un vestido marrón y el pelo gris ralo peinado con una raya en medio.

Sin alzar la mirada ni interrumpir su juego, dijo con tono impaciente:

—Bueno, pase, pase. Siéntese si lo desea.

No era fácil aceptar la invitación, porque todas las sillas estaban cubiertas con folletos o publicaciones religiosas.

Mientras él retiraba un poco las que tapizaban el sofá, Miss Ramsbottom le preguntó con acritud:

—¿Le interesan las misiones?

—Me temo que no mucho, señora.

—Mal hecho. Deberían. Allí es donde está hoy el espíritu cristiano. En el África negra. La pasada semana vino a verme un joven clérigo negro como el carbón, un verdadero cristiano.

El inspector Neele no supo qué responder.

La anciana lo desconcertó todavía más al decir:

—No tengo aparato de radio.

—¿Cómo dice?

—¡Oh! Creí que había venido para comprobar si tenía la licencia. O alguna de esas tonterías. Bueno, joven, ¿de qué se trata?

—Lamento tener que comunicarle, Miss Ramsbottom, que su cuñado, Mr. Fortescue, se sintió repentinamente enfermo esta mañana y ha fallecido.

Miss Ramsbottom continuó con su solitario sin dar señales de preocupación y limitándose a comentar con tranquilidad:

—Al fin su arrogancia y su pecaminoso orgullo han sido castigados. Bueno, algún día tenía que ocurrir.

—Supongo que no es un gran golpe para usted.

Resultaba evidente que no lo era, pero el inspector quería ver qué contestaba.

—Si se refiere a que no lo siento, está usted en lo cierto. —Miss Ramsbottom lo miró por encima de las gafas—. Rex Fortescue siempre fue un pecador y nunca me gustó.

—Su muerte ha sido muy inesperada.

—Como corresponde a los impíos —afirmó la dama con satisfacción.

—Es posible que haya sido envenenado.

El inspector Neele hizo una pausa para observar el efecto causado, pero Miss Ramsbottom ni parpadeó, y se limitó a murmurar:

—Siete rojo sobre ocho negro. Ahora puedo mover el rey.

Al parecer, sorprendida por el silencio del inspector, se detuvo con la carta en la mano para preguntarle con voz agria:

—¿Qué esperaba que le dijera? Yo no lo he envenenado, si es eso lo que quiere saber.

—¿Tiene alguna idea de quién puede haberlo hecho?

—Esa pregunta es muy inconveniente —replicó la anciana—. En esta casa viven dos hijos de mi difunta hermana. Y me niego a creer que nadie que lleve la sangre de los Ramsbottom pueda ser culpable de un crimen. Porque usted habla de un asesinato, ¿verdad?

—Yo no he dicho eso, señora.

—¡Claro que es un asesinato! Muchas personas hubieran querido asesinar a Rex en un momento u otro. Era un hombre sin escrúpulos. Los viejos pecados dejan una huella muy profunda, como dice el refrán.

—¿Sospecha de alguien en particular?

Miss Ramsbottom recogió las cartas y se puso en pie. Era una mujer de elevada estatura.

—Creo que será mejor que se marche. —Habló sin enfado, pero con un tono de fría decisión—. Si quiere saber mi opinión, le diré que ha sido uno de los criados. Ese mayordomo me parece un bribón, y la doncella es por completo idiota. Buenas noches.

El inspector salió obedientemente. Desde luego era una anciana muy particular. No le había sacado nada.

Bajó la escalera y en el vestíbulo se encontró frente a frente con una joven alta y morena. Llevaba un impermeable mojado y lo miró con el rostro inexpresivo.

—Acabo de llegar. Y me han dicho que papá ha muerto.

—Me temo que es cierto.

Ella tendió una mano tanteando a sus espaldas, buscando un apoyo. Tocó un arcón de roble y se sentó despacio sobre el mueble.

—¡Oh, no! No.

Dos lágrimas resbalaron por sus mejillas.

—¡Es horrible! —exclamó—. Creía que no lo quería. Incluso pensé que lo odiaba. Pero no puede ser, ya que de serlo no me importaría, y en cambio me importa. —Permaneció sentada mirando al vacío mientras las lágrimas le humedecían el rostro. De pronto volvió a hablar casi sin aliento—: Lo peor es que ahora todo se arreglará. Quiero decir que Gerald y yo podremos casarnos. Podré hacer todo lo que quiera. Pero aborrezco que haya tenido que ser así. No quería que papá muriese. Oh, no. Oh, papá... papá...

Por primera vez desde que había llegado a Yewtree Lodge, el inspector Neele se sorprendió de ver a alguien que sintiera verdadero pesar por la muerte de Rex Fortescue.

Capítulo 9

—A mí me parece que ha sido la esposa —opinó el ayudante del comisionado tras escuchar con atención el informe del inspector Neele.

Fue un informe admirable y preciso. Breve, pero sin omitir ningún detalle.

—Sí. Me parece que ha sido la esposa —repitió el ayudante del comisionado—. ¿Cuál es su opinión, Neele?

El aludido respondió que a él también se lo parecía. Comentó cínicamente que por lo general siempre era la esposa, o el marido, según el caso.

—Ella tuvo una oportunidad. ¿Y el motivo? —El ayudante del comisionado hizo una pausa—. ¿Hay un motivo?

—Creo que sí, señor. El tal Mr. Dubois...

—¿Cree que está mezclado en esto?

—No, yo no diría eso, señor. —Neele consideró la idea—. Tiene demasiado apego a su pellejo. Quizá adivinó lo que ella tramaba, pero no creo que haya sido el instigador.

—No, demasiado precavido.

—Sí, muy precavido.

—No debemos precipitarnos en sacar conclusiones, pero parece una buena hipótesis de trabajo. ¿Qué hay de los otros dos que tuvieron oportunidad?

—Son la hija y la nuera. La hija tenía un idilio con un joven, pero su padre no la dejó casarse con el chico. Y él no pensaba casarse con ella si no tenía dinero. Eso le proporciona un móvil. En cuanto a la nuera, todavía no sé lo suficiente sobre ella. Cualquiera de las tres pudo haberlo envenenado, y no veo que nadie más pudiera haberlo hecho. La doncella, el mayordomo, la camarera, todos prepararon el desayuno, o lo llevaron al comedor, pero difícilmente podían asegurarse de que solo Fortescue tomara el veneno y los demás no. Es decir, si es que era taxina.

—Lo era —afirmó el ayudante del comisionado—. Acabo de recibir el informe preliminar.

—En ese caso —replicó el inspector Neele— podemos seguir adelante.

—¿Alguna sospecha en cuanto a los criados?

—El mayordomo y la doncella parecían nerviosos. Eso no tiene nada de particular. Sucede a menudo. La cocinera está furiosa y la otra doncella, muy complacida. En resumen, todo perfectamente natural.

—¿No hay nadie más a quien considere sospechoso por algún motivo?

—No, creo que no, señor. —Sin querer, el inspector Neele pensó en Mary Dove y su sonrisa enigmática, y en voz alta dijo—: Ahora que ya sabemos que se trata de taxina debemos averiguar cómo fue obtenida o preparada.

—Así es. Bueno, adelante, Neele. A propósito, Mr. Percival Fortescue está aquí ahora. He hablado un momento con él y le espera a usted. También hemos localizado al otro hijo. Está en París, en el Bristol, y hoy regresa con su esposa. Supongo que enviará a alguien a esperarlos al aeropuerto.

—Sí, señor. Ya lo había pensado.

—Será mejor que ahora vea a Percival Fortescue. —El ayudante del comisionado rio—. Percy el Relamido, eso es lo que es.

Percival Fortescue era un hombre rubicundo y muy pulcro, de unos treinta años, de pelo y pestañas muy claros, y un poco pedante al hablar.

—Esto ha sido un choque terrible, inspector Neele, como puede usted suponer.

—Estoy seguro, Mr. Fortescue —replicó el inspector.

—Solo puedo decirle que mi padre se encontraba perfectamente bien anteayer cuando me marché de casa. Esta intoxicación, o lo que haya sido, tuvo que ser muy repentina.

—Sí, fue muy repentino, pero no fue una intoxicación, Mr. Fortescue.

Percival lo miró con el entrecejo fruncido.

—¿No? De modo que por eso... —se interrumpió.

—Su padre murió envenenado por habérsele administrado taxina.

—¿Taxina? Nunca había oído esa palabra.

—Me lo imagino. La conocen muy pocas personas. Es un veneno de efectos rápidos y drásticos.

El ceño de Percival se acentuó todavía más.

—¿Me está usted diciendo que mi padre fue deliberadamente envenenado, inspector?

—Eso parece. Sí, señor.

—¡Es terrible!

—Sí, desde luego.

—Ahora comprendo la actitud de los del hospital —murmuró Percival—, y el recibimiento que me han dispensado aquí —se interrumpió y, tras una pausa, prosiguió—: ¿Y el funeral?

—La encuesta judicial está fijada para mañana después de la autopsia. Solo se llevarán a cabo las formalidades de rigor y se aplazará.

—Comprendo. ¿Es lo que se acostumbra a hacer?

—Sí, señor. Ahora, sí.

—¿Puedo preguntarle si tiene alguna idea de quién pudo...? La verdad, yo... —se interrumpió de nuevo.

—Es demasiado pronto para eso, Mr. Fortescue —murmuró Neele.

—Sí, lo supongo.

—De todas maneras, nos sería de gran ayuda que usted nos diera alguna idea de las disposiciones testamentarias de su padre. O tal vez pueda ponerme en contacto con su abogado.

—Sus abogados son Billingsley, Horsethorpe y Walters, de Bedford Square. Y en cuanto a su testamento, creo que puedo decirle cuáles son las principales disposiciones.

—Si fuera usted tan amable, Mr. Fortescue. Es una formalidad indispensable.

—Mi padre hizo un nuevo testamento hace dos años con ocasión de su matrimonio —explicó Percival—. Deja la suma de cien mil libras a su esposa y cincuenta mil a mi hermana Elaine. Yo heredo el resto. Como es natural, soy socio de la firma.

—¿Y no lega nada a su hermano, Lancelot?

—No. Hace mucho tiempo que mi padre y mi hermano están distanciados.

Neele lo miró con viveza, pero Percival parecía muy seguro de sus palabras.

—De modo que, según el testamento, las tres personas que se benefician con su muerte son Mrs. Fortescue, su hermana y usted.

—No creo que me beneficie mucho —suspiró Percival—. Hay que pagar los derechos reales. Y últimamente mi padre ha sido, yo diría, muy imprudente en sus transacciones financieras.

—¿Su padre y usted no estaban de acuerdo sobre el modo de llevar la firma? —El inspector Neele lanzó el interrogante como si le diera mucha importancia a la pregunta.

—Yo le expuse mi punto de vista, pero... —Percival se encogió de hombros.

—Se mostró usted firme, ¿verdad? —inquirió Neele—. O mejor dicho, tuvieron una pelea, ¿no es cierto?

—Yo no diría tanto, inspector. —El enfado enrojeció el rostro de Percival.

—¿Quizá la discusión se debió a otro asunto, Mr. Fortescue?

—No hubo ninguna pelea, inspector.

—¿Está seguro, Mr. Fortescue? No importa. ¿Debo entender que su padre y su hermano seguían enfadados?

—Eso es.

—Entonces tal vez pueda decirme qué significa esto.

Neele le tendió el mensaje telefónico anotado por Mary Dove.

Percival lo leyó y lanzó una exclamación de sorpresa. Parecía furioso e incrédulo.

—No lo entiendo, de verdad. No me lo puedo creer.

—Sin embargo, es cierto, Mr. Fortescue. Su hermano llega hoy de París.

—Pero es extraño, realmente extraño. No, de veras, no lo comprendo.

—¿Su padre no le dijo nada?

—Desde luego que no. ¡Qué vergüenza! ¡Llamar a Lance a mis espaldas!

—¿No tiene ni idea de por qué lo hizo?

—¡Claro que no! Eso va acorde con su comportamiento durante estos últimos tiempos. ¡Una locura! Inexplicable. Hay que impedirlo... Yo...

Percival se detuvo con brusquedad. El color desapareció de su rostro.

—Lo había olvidado. Por un momento he olvidado que mi padre ha muerto.

El inspector Neele asintió comprensivo.

Percival Fortescue se preparó para marcharse. Recogió su sombrero y dijo:

—Si me necesitan ustedes para algo, avísenme. Pero supongo que irá usted a Yewtree Lodge.

—Sí, Mr. Fortescue. He dejado allí a uno de mis hombres.

Percival se estremeció disgustado.

—Será muy desagradable. ¡Pensar que esto nos sucede a nosotros!

Se dirigió hacia la puerta.

—Estaré en la oficina la mayor parte del día. Hay que ocuparse de un montón de cosas. Pero iré a Yewtree Lodge a última hora de la tarde.

—Muy bien, señor.

Percival Fortescue abandonó la estancia.

—Percy el Relamido —murmuró Neele.

El sargento Hay, que había estado sentado discretamente junto a la pared, miró a su jefe.

—¿Señor? —preguntó y, al ver que no obtenía respuesta, añadió—: ¿Qué deduce de todo esto, señor?

—No lo sé —respondió Neele. Y citó en voz baja—: Son gente muy desagradable.

El sargento Hay pareció algo intrigado.

—*Alicia en el país de las maravillas* —dijo Neele—. ¿No lo recuerda, Hay?

—Es un clásico, ¿verdad, señor? —aventuró Hay—. De esos que ponen en la BBC. Yo no escucho la BBC.

Capítulo 10

Cinco minutos después de haber despegado de Le Bourget, Lance Fortescue abrió un ejemplar de la edición europea del *Daily Mail*. Un minuto más tarde lanzó una exclamación de asombro. Pat, sentada a su lado, volvió la cabeza inquisitivamente.

—Es el viejo —dijo Lance—. Ha muerto.

—¿Muerto? ¿Tu padre?

—Sí, parece ser que se sintió repentinamente enfermo en su despacho y lo llevaron al hospital St. Jude, donde murió poco después de su ingreso.

—Querido, cuánto lo siento. ¿Qué fue, un ataque al corazón?

—Supongo. Es lo que parece.

—¿Había tenido antes alguno?

—Que yo sepa, no.

—Creía que la gente nunca se moría del primero.

—¡Pobre! —suspiró Lance—. Nunca creí tenerle un gran afecto. Pero ahora que está muerto...

—¡Claro que lo querías!

—No todos tenemos tu buen carácter, Pat. Oh, bueno, parece que la suerte ha vuelto a abandonarme.

—Sí. Es extraño que haya ocurrido justo ahora. Cuando estabas a punto de volver a tu casa.

Lance volvió la cabeza bruscamente.

—¿Extraño? ¿Qué insinúas?

Ella lo miró un tanto sorprendida.

—¿No te parece mucha coincidencia?

—¿Quieres decir que todo lo que emprendo me sale mal?

—No, cariño, no quiero decir eso. Pero hay eso que llaman una racha de mala suerte.

—Sí. Tienes razón.

—Lo siento mucho —volvió a decir Pat.

Cuando llegaron a Heathrow y se disponían a bajar del avión, un empleado de la compañía aérea gritó con voz clara:

—¿Se encuentra a bordo Mr. Lancelot Fortescue?

—Aquí —respondió Lance.

—¿Quiere hacer el favor de acompañarme, señor?

Lance y Pat lo siguieron, precediendo a los demás pasajeros. Al pasar ante una pareja sentada en el último asiento oyeron que el hombre susurraba al oído de su esposa:

—Contrabandistas muy conocidos. Supongo que los habrán pillado con las manos en la masa.

—¡Es increíble! —exclamó Lance—. Totalmente increíble.

El inspector Neele, sentado al otro lado de la mesa, asintió con una expresión comprensiva.

—Taxina, tejos. Parece sacado de un melodrama —prosiguió Lance—. Yo diría que esto debe de parecerle muy normal, el pan de cada día. Pero un envenenamiento en nuestra familia resulta algo absurdo.

—Entonces, ¿no tiene la menor idea de quién pudo envenenar a su padre? —preguntó el inspector.

—¡Claro que no! Me figuro que tendría bastantes enemigos en el mundo de los negocios, montones de personas que hubieran querido despellejarlo vivo, hundirlo en la ruina. Pero ¿envenenado? De todas formas, yo no puedo saberlo. He pasado muchos años en el extranjero y sé muy poco de lo que ha estado ocurriendo en mi casa.

—Eso es precisamente lo que quería preguntarle, Mr. Fortescue. He sabido por su hermano que usted y su padre llevaban distanciados muchos años. ¿Puede decirme cuáles han sido los motivos de su regreso al hogar?

—Desde luego, inspector. Tuve noticias de mi padre, hará unos..., déjeme pensar..., sí, unos seis meses, poco después de mi boda. Mi padre me escribió insinuando que estaba dispuesto a olvidar el pasado, y me sugirió que volviera a casa y trabajara en la firma. Era una propuesta bastante vaga, y yo no estaba muy seguro de querer aceptar. De todas formas, la decisión final la tomé cuando vine a Inglaterra. El pasado mes de agosto, hace solo tres meses. Fui a verlo a Yewtree Lodge, y debo confesar que me hizo una oferta muy generosa. Le dije que lo pensaría y que quería consultarlo con mi esposa. Se hizo cargo. Volví en avión a África Oriental y lo hablé con Pat. El resultado fue que decidí aceptar la oferta del viejo. Tenía que liquidar todos los asuntos pendientes, pero acepté antes de finalizar el mes pasado. Quedé en que le telegrafiaría anunciándole la fecha de mi llegada a Inglaterra.

El inspector Neele carraspeó.

—Su llegada parece haber sorprendido mucho a su hermano.

Lance sonrió. Súbitamente su rostro atractivo pareció iluminarse con un espíritu travieso.

—No creo que Percy supiera ni una palabra —aclaró—. Cuando vine a ver a mi padre él estaba en Noruega de vacaciones. Estoy casi seguro de que el viejo lo hizo con toda la intención del mundo. Obraba a espaldas de mi hermano. Tengo la firme sospecha de que lo que motivó la oferta de mi padre fue la terrible pelea que tuvo con Percy, o Val, como prefiere que lo llamen. Creo que Val ha estado intentando dominar al pobre viejo, pero él nunca lo consintió.

No sé las causas que motivaron su discusión, pero estaba furioso. Y creo que pensó que era una buena idea hacerme volver y de este modo dejar sin bazas a Val. En primer lugar, nunca le agradó la esposa de Percy, y en cambio le gustó mi matrimonio. Por lo visto, consideró un buen chiste hacerme volver a casa y enfrentar a Percy con el hecho consumado.

—¿Cuánto tiempo estuvo usted en Yewtree Lodge en aquella ocasión?

—¡Oh, no más de un par de horas! No me invitó a pasar la noche. Estoy seguro de que todo el asunto obedecía a una ofensiva secreta a espaldas de Percy. Creo que ni siquiera quiso que me vieran los criados. Como ya le dije, quedamos en que lo pensaría, lo hablaría con Pat y luego le comunicaría mi decisión por escrito, cosa que hice. Le escribí anunciándole la fecha aproximada de mi llegada y, por último, ayer le envié un telegrama desde París.

El inspector Neele asintió.

—Un telegrama que sorprendió mucho a su hermano.

—Me lo figuro. Sin embargo, como de costumbre, Percy es el que gana. He llegado demasiado tarde.

—Sí —repitió Neele pensativo—, ha llegado demasiado tarde. —Y prosiguió en tono más animado—: Durante su visita del pasado agosto, ¿se encontró con algún otro miembro de la familia?

—Mi madrastra estaba a la hora del té.

—¿No la había visto con anterioridad?

—No —sonrió—. Desde luego, el viejo sabía escoger. Debe de tener treinta años menos que él.

—Perdonará que le haga esta pregunta, pero ¿le molestó la boda de su padre, o tal vez a su hermano?

Lance pareció sorprendido.

—A mí, desde luego que no. Tampoco creo que a Percy le molestara. Después de todo, nuestra madre murió cuando teníamos diez y doce años. Lo que me sorprende es que no hubiera vuelto a casarse antes.

—Puede considerarse un gran riesgo casarse con una mujer mucho más joven que uno —murmuró el inspector.

—¿Se lo ha dicho mi querido hermano? Sería muy típico de él. Percy es un gran maestro en el arte de la insinuación. ¿Es eso lo que ocurre, inspector? ¿Es que sospechan que mi madrastra ha podido envenenar a mi padre?

El rostro del inspector se convirtió en una máscara.

—Es demasiado pronto para formarnos una idea definitiva, Mr. Fortescue —replicó complacido el inspector—. Bien. ¿Puedo preguntarle cuáles son sus planes?

—¿Planes? —Lance meditó unos instantes—. Supongo que tendré que rehacerlos. ¿Dónde está la familia? ¿En Yewtree Lodge?

—Sí.

—Creo que iré de inmediato. —Se volvió hacia su esposa—. Tú te alojarás en un hotel.

—No, no, Lance. Iré contigo —protestó ella.

—No, querida.

—Pero quiero ir.

—La verdad, prefiero que no lo hagas. Ve al... ¿cómo se llama? ¡Oh! Hace tanto tiempo que no me alojo en Londres... Barnes. El hotel Barnes solía ser un lugar tranquilo y agradable. Supongo que todavía existe.

—Sí, Mr. Fortescue.

—Bien, Pat. Te dejaré allí, si es que tienen habitaciones, y yo iré a Yewtree Lodge.

—¿Por qué no puedo ir contigo, Lance?

El rostro de Lance adquirió una expresión grave.

—Con franqueza, Pat, no estoy seguro de ser bien recibido. Fue mi padre quien me invitó a venir, pero mi padre ha muerto. Ignoro a quién pertenece ahora la casa. A Percy, supongo, o tal vez a Adele. De todas maneras, prefiero ver cómo me reciben antes de llevarte allí. Además...

—Además, ¿qué?

—No quiero llevarte a una casa donde anda suelto un asesino.

—¡Eso es una tontería!

—En lo que a ti respecta, Pat, no voy a correr el menor riesgo.

Capítulo 11

Vivian Dubois estaba furioso. Hizo pedazos la carta de Adele Fortescue y la arrojó a la papelera. Luego, con repentina precaución, los recogió uno por uno, encendió una cerilla y los vio arder hasta que se convirtieron en cenizas.

«¿Por qué tendrán que ser tan estúpidas las mujeres? —musitó entre dientes—. Con un poco de sentido común...»

Pero Dubois pensó con amargura que las mujeres nunca tenían sentido común. A pesar de que él se había aprovechado de ello muchas veces, ahora le contrariaba. Él había tomado todas las precauciones posibles. Si Adele llamaba por teléfono, tenían orden de decir que había salido. Ya lo había telefoneado tres veces y ahora le había escrito. Esto era aún peor. Reflexionó unos instantes y se dirigió al teléfono.

—¿Podría hablar con Mrs. Fortescue, por favor? Sí, Mr. Dubois.

Al cabo de un par de minutos oyó su voz.

—¡Vivian, por fin!

—Sí, sí, Adele, pero ten cuidado. ¿Desde dónde hablas?

—Desde la biblioteca.

—¿Estás segura de que en el vestíbulo no hay nadie escuchando?

—¿Por qué iban a escuchar?

—Nunca se sabe. ¿Sigue ahí la policía?

—No. De momento se han marchado. ¡Oh, Vivian, querido, ha sido horrible!

—Sí, sí, me lo figuro. Pero, escucha, Adele, tenemos que andar con mucho cuidado.

—¡Oh, claro, querido!

—No me llames «querido» por teléfono. No es prudente.

—¿No crees que exageras un poco, Vivian? Al fin y al cabo, hoy en día todo el mundo se llama «querido».

—Sí, sí. Pero escucha. No me llames ni me escribas.

—Pero, Vivian...

—Entiéndelo, será solo un tiempo. Hay que tener cuidado.

—¡Está bien! —Su voz sonaba algo ofendida.

—Escucha, Adele. Mis cartas. Las quemaste, ¿no?

Hubo un instante de vacilación antes de que Adele Fortescue respondiera:

—Claro. Te dije que iba a hacerlo.

—Bien hecho. Entonces no hay nada que decir. No me llames ni me escribas. Ya sabrás de mí a su debido tiempo.

Colgó. Se acarició la mejilla, pensativo. No le había gustado aquel instante de vacilación. ¿Habría quemado las cartas? Las mujeres son todas iguales. Prometían quemar las cosas y luego no lo hacían.

«Cartas», pensó Dubois. A las mujeres les gusta que les escriban. Siempre procuraba tener cuidado, pero algunas veces era imposible. ¿Qué había escrito en las cartas dirigidas a Adele? Lo corriente, pensó amargado. Pero ¿habría alguna palabra, alguna frase especial que la policía pudiera interpretar de un modo equívoco? Recordó el caso de Edith Thompson. Sus cartas eran bastante inocentes, pero no podía estar seguro. Creció su inquietud. Incluso si Adele no hubiera quemado sus cartas, ¿tendría el suficiente sentido común para quemarlas ahora? ¿O las habría descubierto ya la policía? ¿Dónde las guardaba? Probablemente en la sala del primer piso, en aquella pequeña mesa estilo Luis XIV. Una vez le habló de un cajón secreto. ¡Un cajón secreto! Eso no conseguiría engañar a la policía, pero ahora los policías no estaban en la casa. Ella le había dicho que habían estado allí por la mañana, pero ahora se habían marchado.

Sin duda, hasta el momento habían estado ocupados buscando rastros de veneno en los alimentos. Esperaba que no hubieran registrado las habitaciones. Quizá necesitaban una orden de registro para hacerlo. Si actuaba ahora, quizá...

Imaginó la casa. Anochecía. Servían el té en la biblioteca o en el salón. Todo el mundo estaría reunido en la planta baja y los criados merendando en la cocina. No habría nadie en el primer piso. Sería sencillo atravesar el jardín y avanzar por los setos de tejos, que proporcionaban un buen cobijo. Había una puerta lateral que daba a la terraza y que nunca cerraban hasta la hora de acostarse. Cualquiera podía colarse por allí y, escogiendo el momento propicio, subir al piso de arriba.

Vivian Dubois consideró con gran cuidado qué sería más conveniente. Si la muerte de Fortescue hubiera sido debida a un ataque o una enfermedad repentina, su situación sería bien distinta. Pero de momento, y tal como estaban las cosas, pensó que más valía prevenir que curar.

Mary Dove bajó despacio la escalera. Se detuvo un momento junto a la ventana del descansillo, desde donde había visto llegar al inspector Neele el día anterior. En la penumbra vio la figura de un hombre que desaparecía tras el seto de tejos. Se preguntó si sería Lancelot Fortescue, el hijo pródigo. Tal vez había dejado el coche en la entrada o recorría el jardín a pie recordando viejos tiempos, antes de enfrentarse a una familia posiblemente hostil. Mary Dove sentía compasión por Lance. Con una ligera sonrisa en los labios, continuó descendiendo. En el vestíbulo se encontró con Gladys, que pegó un respingo al verla.

—¿Era el teléfono lo que sonaba hace un instante? —preguntó Mary—. ¿Quién era?

—¡Oh! Un número equivocado. Preguntaban por la lavandería. —Gladys parecía muy nerviosa—. Y antes ha llamado Mr. Dubois. Quería hablar con la señora.

—Ya.

Mary cruzó el vestíbulo. Por encima del hombro, preguntó:

—Es la hora del té. ¿No lo ha servido aún?

—No creo que sean las cuatro y media.

—Son las cinco menos veinte. Sírvalo ahora, por favor.

Mary Dove entró en la biblioteca, donde Adele Fortescue, sentada en el sofá, contemplaba el fuego de la chimenea, retorciendo entre sus manos un pañuelito de encaje.

—¿Dónde está el té? —protestó Adele.

—Enseguida lo traen —contestó Mary Dove.

Un tronco había rodado fuera de la chimenea y Mary Dove se arrodilló y, con las tenazas, volvió a colocarlo en el fuego, agregando otro tronco y un poco de carbón.

Gladys entró en la cocina. Mrs. Crump miró a la muchacha con el rostro arrebolado y furioso.

—El timbre de la biblioteca no deja de sonar. Ya es hora de que lleves el té, muchacha —dijo sin dejar de amasar la pasta en su bol.

—Está bien, está bien, Mrs. Crump.

—Se va a enterar Mr. Crump esta noche —murmuró la cocinera—. Le cantaré las cuarenta.

Gladys entró en la despensa. No había preparado los sándwiches, ni estaba dispuesta a entretenerse en hacerlos. Ya tenían bastante con los dos pasteles, los bizcochos, las pastas, la miel y la mantequilla fresca, comprada en el mercado negro. Demasiado para que encima tuviera que preocuparse preparando sándwiches de tomate o *foie gras*. Tenía otras cosas en qué pensar. Qué enfadada estaba Mrs. Crump, y todo porque su esposo había salido aquella tarde. Era su día libre, ¿verdad? Había hecho bien, pensó Gladys.

Mrs. Crump le gritó desde la cocina:

—El agua está hirviendo hace rato. ¿Es que no vas a hacer nunca el té?

—Ya voy.

Echó las hojas de té sin medirlas en la gran tetera de plata, la llevó a la cocina y vertió en ella el agua hirviendo. Puso la tetera y el hervidor en la enorme bandeja de plata y lo llevó todo a la biblioteca, donde la dejó encima de una mesita, junto al sofá. Volvió corriendo a por la otra bandeja. Había llegado al vestíbulo cuando las campanadas del viejo reloj le hicieron pegar un brinco.

En la biblioteca, Adele Fortescue se quejó a Mary Dove:

—¿Dónde está todo el mundo?

—La verdad, no lo sé, Mrs. Fortescue. La señorita ha venido hace rato. Creo que Mrs. Val está escribiendo unas cartas en su habitación.

—Escribiendo cartas, escribiendo cartas —repitió Adele con fastidio—. Esa mujer no deja de escribir cartas. Es como todos los de su clase. Se toma con verdadero placer la muerte y la desgracia. Morbosa, eso es lo que es. Absolutamente morbosa.

—Iré a decirle que el té está servido —murmuró Mary con mucho tacto.

Al llegar a la puerta se apartó para dejar paso a Elaine Fortescue.

—Hace frío —manifestó Elaine, y se sentó junto a la chimenea y extendió las manos ante las llamas.

Mary permaneció unos momentos de pie en el vestíbulo. Una gran bandeja con pasteles estaba sobre uno de los arcones. Estaba oscuro y Mary encendió la luz. Al hacerlo, creyó oír a Jennifer Fortescue caminando por el pasillo de arriba, pero nadie bajó por la escalera, así que Mary subió.

Percival Fortescue y su esposa ocupaban un apartamento independiente en una de las alas. Mary llamó a la puerta de la sala. La esposa de Percival Fortescue tenía la manía de que siempre llamaran antes de entrar. Eso era algo que provocaba el desprecio de Crump.

—Adelante.

Mary abrió la puerta.

—Acaban de servir el té, Mrs. Val.

Le sorprendió verla con el abrigo de pelo de camello. Se lo estaba quitando en aquel momento.

—No sabía que había salido —dijo Mary.

Mrs. Val respondió sin resuello.

—Solo he bajado al jardín a tomar un poco el aire. Aunque, la verdad, hacía demasiado frío. Será agradable sentarse ante el fuego. La calefacción central no funciona muy bien. Alguien tendrá que hablar con los jardineros, Miss Dove.

—Yo me ocuparé, señora —le prometió Mary.

Jennifer Fortescue dejó el abrigo sobre una silla y siguió a Mary, pero en la escalera la joven se apartó con deferencia. Una vez en el vestíbulo, Mary observó con sorpresa que la bandeja con los pasteles todavía seguía allí. Estaba a punto de ir a la cocina a llamar a Gladys cuando Adele Fortescue apareció en la puerta de la biblioteca.

—¿Es que no van a traer nada de comer con el té? —protestó.

Mary recogió con rapidez la bandeja, entró en la biblioteca y repartió su contenido en las diversas mesitas situadas cerca de la chimenea. Acababa de salir con la bandeja vacía cuando sonó el timbre de la puerta principal. Dejó la bandeja y fue a abrir. Si era el hijo pródigo el que llegaba, sentía curiosidad por conocerlo.

«Qué distinto del resto de los Fortescue», pensó Mary al abrir la puerta y contemplar el delgado rostro moreno y la sonrisa irónica.

—¿Mr. Lancelot Fortescue?

—El mismo.

Mary miró hacia fuera.

—¿Y su equipaje?

—He despedido al taxi. Esto es todo lo que traigo.

Alzó una maleta de tamaño mediano. Mary se extrañó un poco.

—¡Ah, ha venido en taxi! —exclamó sorprendida—. Creí que habría venido andando por los jardines. ¿Y su esposa?

El rostro del joven adquirió una expresión grave.

—Mi esposa no viene. Por lo menos, de momento.

—Comprendo. Pase, Mr. Fortescue. Todos están en la biblioteca tomando el té.

Lo acompañó hasta la biblioteca. Pensó que Lancelot Fortescue era una persona muy atractiva. Y a este pensamiento siguió otro: posiblemente muchas mujeres opinaban lo mismo.

—¡Lance!

Elaine se lanzó corriendo a su encuentro, le echó los brazos al cuello y lo abrazó con un entusiasmo infantil que Lance encontró muy sorprendente.

—¡Hola! Aquí me tenéis. —La apartó con suavidad—. ¿Ella es Jennifer?

Jennifer Fortescue lo miró con evidente curiosidad.

—Siento que Val se haya entretenido en la ciudad. Hay tanto que hacer. Hay que disponerlo y arreglarlo todo. Y, como es natural, es su responsabilidad. Tiene que cuidarse de todo. No tienes ni idea de lo que estamos pasando.

—Debe de ser terrible para ti —replicó Lance muy serio.

Se volvió hacia la mujer sentada en el sofá, que lo observaba tranquilamente con un bollo untado con miel en la mano.

—No conoces a Adele, ¿verdad? —exclamó Jennifer.

—¡Oh, sí! —murmuró Lance, tomando la mano de Adele entre las suyas.

Al inclinarse, ella parpadeó con coquetería. Dejó el bollo sobre la mesita y se atusó el pelo con gesto muy femenino. Era el reconocimiento de que un hombre atractivo acababa de entrar en la habitación.

—Siéntate aquí a mi lado, Lance —dijo con voz suave y aterciopelada. Le sirvió una taza de té—. Celebro que hayas venido. Hacía falta un hombre en esta casa.

—Haré todo lo que sea necesario —respondió Lance.

—Ya sabes, o quizá no, que hemos tenido aquí a la policía. Ellos creen... —se interrumpió, exclamando apasionadamente—: ¡Oh, es horrible! ¡Horrible!

—Lo sé —manifestó Lance con un tono grave y comprensivo—. Estaban esperándome en el aeropuerto cuando llegué.

—¿La policía ha ido a recibirte?

—Sí.

—¿Qué te han dicho?

—Me han contado lo ocurrido.

—Lo envenenaron. Eso es lo que ellos creen, lo que dicen. No se trata de una intoxicación, sino de un asesinato deliberado. Creen que ha sido uno de nosotros.

Lance le dirigió una rápida sonrisa.

—¡Allá ellos! —dijo para consolarla—. No vale la pena que nos preocupemos. ¡Qué té tan exquisito! ¡Hacía mucho tiempo que no tomaba un buen té inglés!

Todos se contagiaron de su buen humor.

—Pero ¿y tu esposa? —preguntó Adele de repente—. ¿No te habías casado?

—Sí, me he casado. Está en Londres.

—Pero es que... ¿No hubiera sido mejor traerla aquí?

—Habrá mucho tiempo para hacer planes —explicó Lance—. Pat... ¡Oh! Pat está muy bien donde está.

Elaine comentó con viveza:

—¿No querrás decir...? ¿No pensarás...?

—¡Qué fantástico pastel de chocolate! —se apresuró a

comentar Lance, interrumpiendo a su hermana—. Tengo que probarlo.

Mientras se servía un pedazo, preguntó:

—¿Vive todavía tía Effie?

—Oh, sí, Lance. No quiere bajar nunca, ni comer con nosotros, pero está muy bien. Solo que se está volviendo muy rara.

—Siempre lo fue —aseguró Lance—. Subiré a verla después de tomar el té.

—A su edad, lo mejor sería que estuviera en una de esas residencias geriátricas —murmuró Jennifer—. Quiero decir que allí estaría bien atendida.

—Dios ayude a las residencias que tengan a la tía Effie entre sus pacientes —dijo Lance. Y agregó—: ¿Quién es la mosquita muerta que me recibió?

Adele parecía sorprendida.

—¿Es que no te abrió Crump, el mayordomo? Lo había olvidado, hoy es su día libre. Seguramente ha sido Gladys.

Lance la describió.

—Ojos azules, peinada con raya en medio, voz suave. Fría como un témpano. Lo que se esconde detrás de esa apariencia no me gustaría saberlo.

—Esa —dijo Jennifer— tiene que ser Mary Dove.

—Es quien lleva la casa —explicó Elaine.

—¿Eso es lo que hace?

—Es muy útil —comentó Adele.

—Sí —contestó Lance pensativo—. Ya lo supongo.

—Pero lo mejor que tiene es que sabe mantenerse en su sitio —prosiguió Adele—. Nunca presume. No sé si me entiendes.

—Chica lista —replicó Lance, sirviéndose otro pedazo de pastel de chocolate.

Capítulo 12

—De modo que has vuelto, como la moneda falsa —dijo Miss Ramsbottom.

Lance sonrió.

—Lo que tú digas, tía Effie.

—¡Hum! —gruñó Miss Ramsbottom—. Has escogido una buena ocasión. Ayer asesinaron a tu padre y la casa está llena de policías que meten las narices por todas partes, incluso en el cubo de la basura. Los he visto por la ventana. —Hizo una pausa, volvió a gruñir y preguntó—: ¿Has venido con tu esposa?

—No. Se ha quedado en Londres.

—Eso es tener sentido común. Yo de ti no la traería a esta casa. Nunca se sabe qué puede ocurrir.

—¿A quién? ¿A Pat?

—A cualquiera —replicó la anciana.

Lance Fortescue la contempló pensativo.

—¿Tienes alguna idea de lo que está pasando, tía Effie?

Miss Ramsbottom no contestó directamente.

—Ayer vino un inspector a interrogarme. No consiguió sacarme gran cosa, pero no era tan tonto como parecía, ni muchísimo menos. ¡Si tu abuelo —agregó con indignación— supiera que la policía ha estado en su casa se removería en su tumba! Todo un recto caballero. Aún recuerdo el alboroto que armó cuando supo que asistía a la iglesia anglicana por las tardes. Y estoy segura de que aquello no era nada comparado con un asesinato.

En otras circunstancias, Lance se hubiera reído. Sin embargo, su rostro alargado y moreno permaneció grave.

—Verás, no sé demasiado después de haber estado fuera tanto tiempo. ¿Qué ha ocurrido últimamente?

Miss Ramsbottom miró el techo.

—Impiedades —afirmó con firmeza.

—Sí, sí, tía Effie, sabía que lo dirías de todos modos, pero ¿por qué cree la policía que papá ha sido asesinado aquí, en esta casa?

—El adulterio es una cosa, y un crimen, otra muy distinta. No quisiera pensar eso de ella, no quisiera.

—¿Adele? —preguntó Lance alerta.

—Mis labios están sellados.

—Vamos, tía, es una bonita frase, pero no significa nada. ¿Adele tenía un amigo? ¿Adele y su amiguito le pusieron veneno en el té del desayuno? ¿Ese es el panorama?

—Te aconsejo que no bromees.

—No estoy bromeando.

—Te diré una cosa —manifestó de pronto la anciana—. Creo que esa chica sabe algo.

—¿Qué chica? —Lance parecía sorprendido.

—Esa que siempre está lloriqueando. La que tendría que haberme subido el té esta tarde, pero no lo ha hecho. Dicen que se ha marchado sin pedir permiso. No me extrañaría que hubiese ido a hablar con la policía. ¿Quién te ha abierto la puerta?

—Creo que alguien llamado Mary Dove. Muy dócil y modosita. ¿Es esa la que ha ido a ver a la policía?

—Ella no iría a hablar con la policía —replicó Miss Ramsbottom—. No, me refiero a esa tonta de la doncella. Se ha pasado todo el día brincando y moviéndose como un conejo. «¿Qué te pasa?», le he preguntado: «¿Es que tienes remordimientos?». Y me ha respondido: «Yo no hice nada, yo nunca haría una cosa así». «Espero que no. Pero hay algo que te preocupa, ¿verdad?», le he dicho. Entonces ha empezado a lloriquear y a decir que ella no quería complicar a nadie y que estaba segura de que todo debía de ser un error. Yo entonces le he dicho: «Escucha, muchacha, di la verdad y al diablo todo lo demás». Eso es lo que le he dicho, y he añadido: «Ve a hablar con la policía y cuéntales todo lo que sepas, porque no se gana nada ocultando la verdad, por desagradable que sea». Luego ha dicho una serie de tonterías: que no podía acudir a la policía porque nunca la creerían y que qué podía decirles ella. Ha acabado asegurando que no sabía nada de nada.

—Quizá solo haya querido darse importancia —insinuó Lance.

—No. Estaba asustada. Supongo que vio u oyó algo que le dio alguna pista sobre el caso. Puede que sea importante, o tal vez no tenga la menor trascendencia.

—¿No crees que podía guardarle rencor a papá y...? —Lance vaciló.

—No es la clase de chica en la que se fijaría tu padre. Ningún hombre se fijaría en ella, pobre chica. Ah, yo diría que es mucho mejor para su alma, te lo aseguro.

Lance no demostró ningún interés por el alma de Gladys.

—¿Crees que ha ido a comisaría?

La tía asintió vigorosamente.

—Sí. Me parece que no quiso decirles nada en esta casa por temor a que alguien la oyera.

—¿Crees que pudo haber visto a alguien manipulando la comida?

Tía Effie le dirigió una rápida mirada.

—Es posible, ¿no te parece?

—Sí, supongo que sí. —Y agregó a modo de disculpa—: Todo esto resulta tan inverosímil. Como una historia de detectives.

—La mujer de Percival es enfermera —dijo Miss Ramsbottom.

El comentario parecía tener tan poca relación con lo que estaban hablando que Lance la miró con expresión intrigada.

—Las enfermeras están acostumbradas a manejar drogas —explicó.

Lance la contempló dubitativo.

—Ese veneno, la taxina, ¿se emplea en medicina?

—Creo que lo sacan del tejo. Algunas veces los niños comen los frutos y se ponen gravísimos. Recuerdo un caso cuando era pequeña. Me causó una gran impresión. No lo he olvidado. Las cosas que se recuerdan a veces resultan útiles.

Lance levantó la cabeza levemente y la miró.

—El afecto es una cosa —continuó Miss Ramsbottom—, y supongo que siento tanto como los demás, pero no voy a transigir con la perfidia. Debe ser aniquilada.

—Se ha marchado sin decir palabra —protestó Mrs. Crump, desviando la mirada de la masa que extendía sobre el mármol—. Marcharse sin decir una palabra a nadie. ¡La muy ladina! Tuvo miedo de que no la dejara marchar. ¡Y vaya si se lo hubiera impedido, si la llego a pescar! ¡Vaya una ocurrencia! Con la muerte del señor, y Mr. Lance de vuelta en esta casa después de tantos años, le dije a Crump: «Tenga o no el día libre, yo sé cuál es mi obligación». Hoy no habrá cena fría como todos los jueves, sino una cena como es debido. Un caballero que llega del extranjero con su esposa, que pertenece a la aristocracia, tiene que encontrar las cosas bien hechas. Usted ya me conoce, señorita, sabe que tengo mi orgullo.

Mary Dove, que escuchaba aquellas confidencias, asintió.

—¿Y qué me dice Crump? —la cocinera alzó la voz—. «Es mi día libre y voy a salir», eso es lo que dijo. «Y al cuerno la aristocracia.» No tiene el menor orgullo profesional. De modo que se marchó y yo le dije a Gladys que tendría que arreglárselas sola. Lo único que respondió fue: «Está bien, Mrs. Crump», y en cuanto doy media vuelta, se larga. Además, no es su día libre. Ella libra los viernes. No sé cómo nos las vamos a apañar. Gracias a Dios, Mr. Lance no ha traído a su esposa.

—Nos arreglaremos, Mrs. Crump, si simplifica un poco el menú —manifestó Mary Dove con voz tranquila y autoritaria. Hizo algunas sugerencias. Mrs. Crump asintió a su pesar—. Creo —concluyó Mary— que podré atender la mesa con facilidad.

—¿Quiere decir que usted servirá, señorita? —Mrs. Crump no parecía muy convencida.

—Lo haré si Gladys no regresa a tiempo.

—No volverá —aseguró Mrs. Crump—. Estará callejeando y gastándose el dinero en las tiendas. Ahora tiene novio, aunque cueste creerlo. Se llama Albert. Me dijo que piensan casarse en primavera. Esas chicas no saben lo que es el matrimonio. ¡Lo que yo he pasado con Crump! —Suspiró y luego, más apaciguada, dijo—: ¿Qué hay del té, señorita? ¿Quién lo retirará y lavará las tazas?

—Yo —respondió Mary—. Iré ahora mismo.

No se habían encendido las luces de la sala, a pesar de que Adele Fortescue seguía sentada en el sofá.

—¿Enciendo la luz, Mrs. Fortescue? —preguntó Mary, sin obtener respuesta.

Mary encendió las luces y luego se dirigió a la ventana para cerrar las cortinas. Fue entonces cuando volvió la cabeza y vio el rostro de la mujer desplomada hacia atrás, sobre los almohadones. A su lado había un bollo untado de miel a medio comer y su taza de té estaba medio llena. La muerte había sorprendido a Adele Fortescue repentinamente.

—¿Y bien? —preguntó el inspector Neele impaciente.

—Cianuro..., cianuro potásico, con toda probabilidad en el té —replicó el médico con prontitud.

—Cianuro —murmuró Neele.

El médico lo miró con cierta curiosidad.

—Se lo está tomando muy a pecho. ¿Alguna razón especial?

—Creíamos que era ella la asesina —replicó Neele.

—Y ha resultado ser la víctima. ¡Hum! Ahora tendrá que empezar de nuevo, ¿verdad?

Neele asintió con una expresión severa.

¡Envenenada! Ante sus mismas narices. Taxina en el café de Rex Fortescue y cianuro en el té de Adele Fortescue. Seguía siendo un íntimo asunto familiar. O por lo menos lo parecía.

Adele, Jennifer, Elaine y el recién llegado Lance Fortescue habían tomado el té en la biblioteca. Lance había subido a ver a Miss Ramsbottom. Jennifer, a su salón privado a escribir unas cartas. Elaine fue la última en abandonar la biblioteca. Según ella, Adele parecía encontrarse en perfecto estado de salud y acababa de servirse la última taza de té.

¡La última taza de té! Sí, desde luego, había sido la última.

Y después, un espacio en blanco de veinte minutos, hasta que Mary Dove había entrado en la estancia y descubierto el cadáver.

Y durante esos veinte minutos...

El inspector Neele maldijo por lo bajo y se encaminó a la cocina.

La voluminosa figura de Mrs. Crump, sentada en una silla junto a la mesa, su beligerancia pinchada como un globo, apenas se movió al verle entrar.

—¿Dónde está esa chica? ¿No ha vuelto todavía?

—¿Gladys? No, no ha vuelto. Ni volverá, supongo, hasta las once.

—¿Dice usted que preparó el té y lo sirvió?

—Yo no lo toqué, Dios lo sabe. Y lo que es más, no creo que Gladys hiciera nada que no debiera. Nunca haría una cosa así. Gladys es una buena chica, señor, un poco tonta, eso sí, pero mala no.

No, Neele no pensaba que Gladys fuera una mala chica. Ni podía imaginarla envenenando a nadie. Además, no había cianuro en la tetera.

—¿Por qué se ha marchado tan de repente? Usted ha dicho que hoy no es su día libre.

—No, señor. Es mañana.

—¿Y Crump?

La beligerancia de la cocinera volvió a resurgir, y su voz se elevó furiosa.

—No meta a Crump en esto. Crump no tiene nada que ver. Se ha marchado a las tres, y ahora me alegro de que lo hiciera. Estaba tan lejos de aquí como el propio Mr. Percival.

Percival Fortescue acababa de regresar de Londres, y le habían recibido con las sorprendentes noticias de esta segunda tragedia.

—Yo no acuso a Crump —contestó Neele sin inmutarse—. Solo me preguntaba si sabría algo de los planes de Gladys.

—Se había puesto sus mejores medias —dijo la cocinera—. Debía de tramar algo. ¡No quiero saberlo! Tampoco ha preparado los sándwiches para el té. Algo llevaba entre manos. Ya me oirá cuando vuelva.

Cuando vuelva...

Una ligera inquietud se apoderó de Neele y, para librarse de ella, subió al dormitorio de Adele Fortescue. Era una habitación muy lujosa: cortinas de brocado rosa y una gran cama dorada. Una de las puertas daba a un cuarto de baño revestido de espejos y con una bañera hundida color orquídea. En el cuarto de baño había una puerta que comunicaba con el vestuario de Rex Fortescue. Neele volvió al dormitorio de Adele y, por la puerta del lado opuesto, entró en el salón.

Estaba amueblado estilo Imperio y con una alfombra rosa. Neele solo le echó una ojeada, puesto que ya le había dedicado toda su atención el día anterior, en especial al elegante escritorio.

No obstante, algo llamó su atención. En el centro de la alfombra había un montoncito de barro.

Neele se inclinó para recogerlo. Todavía estaba húmedo. Miró a su alrededor. No se veía ninguna huella de pisadas, solo aquel trozo de barro.

El inspector Neele contempló el dormitorio que ocupaba Gladys Martin. Eran más de las once. Crump había regresado hacía media hora, pero Gladys seguía sin dar señales de vida. El inspector Neele miró a su alrededor. Sea cual fuere la educación recibida, resultaba evidente que era desaseada por naturaleza. Se apreciaba que casi nunca hacía la cama y que abría las ventanas muy de vez en cuando. Sin embargo, los hábitos personales de Gladys no le interesaban de momento. En cambio, inspeccionó a fondo sus pertenencias.

En su mayor parte eran ropas baratas y un tanto patéticas. No había casi nada de buena calidad. Ellen, que había subido para ayudarlo, no pudo hacerlo porque no sabía qué ropa tenía Gladys. Neele pasó revista al contenido de los cajones donde la joven guardaba sus tesoros. Había postales y recortes de periódicos, patrones de vestidos, consejos de belleza, modistería y guías de moda.

El inspector Neele los fue clasificando en varias categorías. Las postales consistían en su mayor parte en vistas de varios lugares donde seguramente debía de haber pasado sus vacaciones. Entre ellas había tres firmadas por «Bert». Bert debía de ser el joven mencionado por Mrs. Crump. La primera decía: «Todo va bien. Te echo mucho de menos. Siempre tuyo, Bert». La segunda: «Por aquí hay muchas chicas bonitas, pero ninguna que pueda compararse contigo. Te veré pronto. No olvides nuestra cita. Y recuerda que, después de esto, viviremos siempre felices». Y la tercera solo decía: «No lo olvides. Confío en ti. Te quiero, B».

Luego, Neele revisó los recortes de periódicos y los ordenó en tres montones. En uno fue poniendo los que hablaban de moda y belleza; en otro, los referidos a la vida de sus estrellas de cine favoritas, y en el tercero, los que se ocupaban de las maravillas de la ciencia. Encontró recortes sobre los platillos volantes, armas secretas, drogas de la verdad empleadas por los rusos para obligar a confesar y otras sustancias fantásticas descubiertas por doctores americanos. Toda la brujería del siglo xx, pensó Neele. Pero en aquella habitación no había nada que pudiera darle una pista de su desaparición. No escribía un diario, ni esperaba que así fuese, pero era una pequeña posibilidad. Tampoco encontró ninguna carta a medio redactar donde explicara algo que había visto en la casa y que pudiese tener relación con la muerte de Rex Fortescue. Sea lo que fuere lo que había visto u oído, no había el menor rastro de ello. Aún quedaba por descifrar por qué la segunda bandeja se había quedado en el vestíbulo, y por qué Gladys había desaparecido tan de repente.

Con un suspiro, Neele abandonó la estancia y cerró la puerta tras de sí. Al disponerse a descender la pequeña escalera de caracol, oyó un ruido de pasos precipitados procedentes del piso inferior.

El rostro agitado del sargento Hay lo miró desde el pie de la escalera. Jadeaba.

—¡Señor, señor! —exclamó—. La hemos encontrado.

—¿Encontrado?

—Ha sido la doncella, señor. Ellen recordó que no había recogido la ropa que estaba tendida en la parte de atrás. De modo que ha salido con una linterna para recogerla y casi se cae sobre el cuerpo, el cuerpo de la chica. Estrangulada con una media alrededor del cuello. Lleva horas muerta. Y, señor, ¡qué broma tan malvada! ¡Llevaba prendida una pinza de tender la ropa en la nariz!

Capítulo 13

Una anciana que viajaba en el tren había comprado tres periódicos de la mañana y, a medida que los acababa de leer, los doblaba y dejaba a un costado. Los tres mostraban los mismos titulares. No se trataba de un párrafo pequeño escondido en algún rincón del periódico. La triple tragedia de Yewtree Lodge aparecía en grandes titulares.

La anciana señora, sentada muy erguida, miraba por la ventanilla con los labios apretados y una expresión de disgusto en su arrugado rostro blanco y sonrosado. Miss Marple había salido de St. Mary Mead en el primer tren, hizo transbordo para dirigirse a Londres, y allí tomó otro tren para dirigirse a Baydon Heath.

En la estación, llamó a un taxi y pidió al chófer que la condujera a Yewtree Lodge. Miss Marple era una viejecita tan encantadora, inocente, blanca y sonrosada que consiguió entrar en aquella casa, ahora convertida en una fortaleza en estado de sitio, con mucha más facilidad de lo que nadie hubiera creído posible. A pesar de que la policía impedía el paso a un ejército de periodistas y fotógrafos que estaba delante de la verja, Miss Marple llegó a la puerta principal sin que le hicieran ni la más mínima pregunta, porque nadie consideró que pudiera ser otra cosa que una anciana pariente de la familia.

Miss Marple pagó el taxi, contando cuidadosamente cada moneda, y luego llamó al timbre. Crump le abrió la puerta y Miss Marple le dirigió una mirada experta. «Ojos esquivos —se dijo—. Y está asustadísimo.»

Crump vio a una anciana alta, con un anticuado traje sastre, un par de chalinas y un sombrero de fieltro, cargada con un enorme bolso y una vieja maleta de buena calidad junto a sus pies. Crump, que sabía distinguir a una señora en cuanto la veía, dijo con su tono más respetuoso:

—¿Sí, señora?

—¿Podría ver a la señora de la casa, por favor? —preguntó Miss Marple.

Crump se apartó para dejarla pasar. Cogió la maleta y la dejó en el vestíbulo.

—Bien, señora —dijo el mayordomo vacilando—. No sé quién exactamente...

Miss Marple lo ayudó.

—He venido para hablar de esa pobre chica que ha sido asesinada: Gladys Martin.

—¡Ah, ya comprendo, señora! Bien, en ese, caso... —se interrumpió, mirando hacia la puerta de la biblioteca, donde acababa de aparecer una joven alta—. Es la esposa de Mr. Lance Fortescue, señora.

Pat se acercó a Miss Marple y las dos mujeres se miraron. Miss Marple fue consciente de una leve sensación de sorpresa. No esperaba encontrar en aquella casa a nadie como Patricia Fortescue. El interior era como lo había imaginado, pero Pat no encajaba en aquel ambiente.

—Se trata de Gladys, señora —le informó Crump.

—¿Quiere pasar aquí? —Pat habló con cierta vacilación—. Podremos hablar más tranquilas.

Volvió a entrar en la biblioteca y Miss Marple la siguió.

—¿Quería hablar con alguien en especial? —preguntó Pat—. Porque quizá yo no le sirva de mucho. Mi esposo y yo acabamos de llegar de África hace unos días y apenas sabemos nada de las personas de la casa. Puedo buscar a mi cuñada, o a la esposa de mi cuñado.

A Miss Marple le agradó aquella joven seria y sencilla. Por alguna extraña razón la compadecía. Se daba cuenta de que estaría más a sus anchas entre caballos y perros que en aquella casa tan ricamente amueblada. En las gincanas y concursos hípicos de los alrededores de St. Mary Mead, Miss Marple había conocido a muchas Pat y sabía cómo eran. Se sentía a gusto en compañía de aquella joven de aspecto desgraciado.

—La verdad es bien simple —expuso Miss Marple quitándose los guantes con mucho cuidado—. Leí en los periódicos que Gladys Martin había sido asesinada. Yo conozco toda su vida. Ella proviene de mi pueblo. Yo misma le enseñé a servir. Y puesto que le ha ocurrido algo tan terrible, sentí..., bueno..., pensé que debía venir y ver si había algo que yo pudiera hacer.

—Sí —dijo Pat—. Claro, ya comprendo.

Y era verdad. Consideraba la acción de Miss Marple como algo natural e inevitable.

—Creo que ha hecho muy bien en venir —continuó diciendo Pat—. Al parecer nadie la conocía mucho. Me refiero a parientes y amigos.

—No —respondió Miss Marple—, claro que no. No tenía a nadie. Me la enviaron del orfanato de St. Faith. Es un establecimiento muy bueno, pero siempre escaso de fondos. Allí hacen todo lo posible por las chicas, intentan prepararlas para servir y todo eso. Me la enviaron cuando tenía diecisiete años y yo le enseñé a servir la mesa, a limpiar la plata y todas esas pequeñas cosas. Claro que no se quedó mucho tiempo conmigo. Nunca lo hacen. En cuanto tuvo un poco de experiencia, se colocó en un café. Casi todas las chicas persiguen eso. Creen que así tendrán más libertad y una vida más alegre. Tal vez tengan razón. La verdad, yo no lo sé.

—No llegué a conocerla. ¿Era bonita?

—¡Oh, no, en absoluto! Además era bastante estúpida.

No creo que llegase a hacer muchas amistades en ninguna parte. A la pobre le gustaban mucho los hombres, pero ellos no le hacían caso, y las otras chicas se aprovechaban de ella.

—Eso suena cruel —dijo Pat.

—Sí, querida —replicó Miss Marple—. La vida es cruel. La verdad es que una nunca sabe qué hacer con las chicas como Gladys. Les gusta ir al cine y ese tipo de cosas, pero siempre están soñando con situaciones imposibles que nunca les van a ocurrir. Quizá eso las haga felices, pero luego sufren decepciones. Yo creo que Gladys se desengañó de la vida de los cafés y restaurantes. No le sucedió nada interesante ni novelesco y solo le dolían los pies, y es probable que por eso volviera a servir. ¿Sabe usted cuánto tiempo llevaba aquí?

—No mucho. Solo uno o dos meses. Parece tan horrible y absurdo que se viera mezclada en todo este asunto. Supongo que debió de ver u oír alguna cosa.

—Lo que en realidad me ha preocupado es lo de la pinza de tender —dijo Miss Marple con voz gentil.

—¿La pinza de tender?

—Sí. Lo he leído en el periódico. Supongo que es cierto. Dicen que la encontraron con una pinza de tender prendida en la nariz.

Pat asintió. Las mejillas de Miss Marple se colorearon.

—Eso es lo que me ha puesto tan furiosa, no sé si me comprende, querida. Es un acto cruel y desdeñoso. Me dio una imagen del asesino. ¡Hacer una cosa semejante! Hay que ser muy perverso para ultrajar la dignidad humana de esa forma. Particularmente con alguien a quien has matado.

—Creo que sé lo que quiere decir —asintió Pat despacio. Se puso en pie—. Será mejor que vea al inspector Neele. Es el encargado de este caso y está aquí. Creo que le agradará. Es muy humano. —Se estremeció—. Todo esto es una pesadilla horrible. Una locura inútil. No tiene sentido ni razón.

—Yo no diría eso —replicó Miss Marple—. No, no lo diría.

El inspector Neele se veía cansado y ojeroso. Tres muertes y la prensa de todo el país husmeando por allí. Un caso que parecía ir adquiriendo cierta consistencia, y de pronto todo a paseo. Adele Fortescue, la principal sospechosa, era ahora la segunda víctima de un incomprensible caso de asesinato. A última hora de aquel día fatal, el ayudante del comisionado de policía había enviado a buscar a Neele, y los dos hombres habían charlado hasta bien entrada la noche.

A pesar de su disgusto, el inspector Neele sentía cierta satisfacción. Aquel esquema de la esposa y el amante era demasiado evidente, demasiado sencillo. Siempre había desconfiado. Ahora, su desconfianza quedaba justificada.

—Todo el asunto toma una dimensión por completo distinta —decía el ayudante del comisionado paseando de un lado a otro del despacho, con el entrecejo fruncido—. Neele, a mí me parece que nos enfrentamos a algún perturbado mental. Primero el marido, luego la esposa. Pero las mismas circunstancias del caso parecen demostrar que es un trabajo desde dentro. Todo queda en familia: alguien que se sentó a desayunar con Fortescue y le puso taxina en el café o en la comida; alguien que aquel día tomó el té con la familia y echó cianuro en la taza de Adele Fortescue. Alguien de confianza, que no despierta sospechas, uno de la casa. ¿Cuál de ellos, Neele?

—Percival no estaba allí, de modo que vuelve a quedar eliminado. Otra vez eliminado —repitió Neele con un tono seco.

El ayudante del comisionado lo miró fijamente. Algo en la repetición le puso alerta.

—¿Qué piensa, Neele? Vamos, suéltelo, hombre.

—Nada, señor. Solo digo que le resultó muy conveniente.

—Tal vez demasiado, ¿verdad? —El ayudante del comisionado reflexionó un momento y después negó con la cabeza—. ¿Usted piensa que pudo arreglárselas de algún modo? No veo cómo, Neele. No. No lo veo. Además —añadió—, es un tipo muy cauto.

—Y muy inteligente, señor.

—Usted no sospecha de las mujeres. ¿No es eso? No obstante, son las más indicadas. Elaine Fortescue y la esposa de Percival. Estuvieron en el desayuno y en el té. Pudo haber sido cualquiera de las dos. ¿Que parecen muy normales? No se lo discuto. Pero estas cosas habitualmente no se notan. Aunque de haber algo en sus historiales médicos...

El inspector Neele no respondió. Pensaba en Mary Dove. No tenía razón alguna para sospechar de ella, pero por allí iban sus pensamientos. Había algo inexplicable y poco satisfactorio, una ligera contradicción, como si se estuviera divirtiendo. Esa fue su actitud ante la muerte de Rex Fortescue. ¿Cuál era su actitud ahora? Su comportamiento y maneras seguían siendo ejemplares. Ya no demostraba el menor regocijo ni hostilidad, pero una o dos veces le pareció haber visto en sus ojos una sombra de temor. Le reprochaba a él el asunto de Gladys Martin. Había atribuido su confusión a un natural nerviosismo ante la policía. Lo había visto infinidad de veces. Pero en este caso había algo más. Gladys había visto u oído algo que había levantado sus sospechas. Puede que una tontería, algo tan vago e indefinido que no se había atrevido a mencionar. Y ahora la pobrecilla ya no volvería a hablar.

El inspector Neele miró con cierto interés el rostro atento y amable de la anciana que tenía delante. Al principio no supo cómo tratarla, pero se decidió rápidamente. Miss

Marple podía resultarle útil. Era una persona de una rectitud irreprochable y, como la mayoría de las ancianas, tenía mucho tiempo y un olfato especial para el cotilleo. Podría sonsacar a los criados y a las mujeres de la familia Fortescue de un modo que no estaba al alcance de sus agentes. Conversaciones, conjeturas, recuerdos, repeticiones de cosas dichas y hechas, de las que recogería lo más importante. De modo que el inspector Neele estuvo de lo más encantador.

—Ha sido muy amable de su parte haber venido aquí, Miss Marple.

—Era mi deber, inspector Neele. La muchacha vivió en mi casa. Y en cierto modo me siento responsable de ella. ¡Era una chica muy tonta!

El inspector Neele la contempló con aprecio.

—Sí, es cierto.

Desde luego, pensó Neele, había dado justo en el clavo.

—Nunca sabía lo que debía hacer —dijo Miss Marple—. Cuando sucedía algo, quiero decir. ¡Oh, Dios mío, qué mal me explico!

El inspector Neele repuso que lo comprendía.

—Carecía de la menor capacidad para decidir lo que era importante y lo que no. ¿Es eso lo que quiere decir?

—¡Oh, sí, exactamente, inspector!

—Al decir que era tonta... —El inspector se interrumpió. Miss Marple cogió enseguida el hilo.

—Era una de esas chicas crédulas, que habría dado sus ahorros a un estafador si los hubiera tenido. Claro que ella nunca ahorró un céntimo, porque se lo gastaba todo en las prendas más inadecuadas.

—¿Qué hay de los hombres?

—Estaba desesperada por tener un novio —replicó la anciana—. Creo que por eso dejó St. Mary Mead. Allí hay mucha competencia. Los hombres escasean. Se hizo ilusiones con el chico que reparte el pescado. Se llama Fred, y siempre tiene una palabra amable para todas las chicas, pero, claro, eso no significa nada. Eso contrarió mucho a la pobre Gladys. Aunque creo que al fin consiguió un novio, ¿verdad?

—Eso parece —contestó el inspector—. Albert Evans, diría que se llama. Al parecer lo conoció en un camping. No le dio un anillo ni nada por el estilo, de modo que muy bien podrían ser imaginaciones de la pobre chica. Le contó a la cocinera que era ingeniero de minas.

—Diría que es poco probable, pero seguro que eso fue lo que él le dijo. Ella creería cualquier cosa. ¿Piensa que ese joven puede tener alguna relación con lo ocurrido?

—No. No creo que exista tal posibilidad. Por lo visto nunca la visitó. Le enviaba una postal de vez en cuando, por lo general desde algún puerto. Probablemente era el cuarto maquinista de un barco de los que hacen la ruta del Báltico.

—Bien —señaló Miss Marple—. Celebro que tuviera su pequeño romance, puesto que ha tenido que morir así. —Apretó los labios—. Sabe, inspector, eso me pone furiosa, muy furiosa. —Y agregó lo que ya le había dicho a Pat Fortescue—: Sobre todo lo de la pinza de tender. Eso, inspector, fue un detalle malvado.

El detective la miró con interés.

—La comprendo a la perfección, Miss Marple.

—Me pregunto..., supongo que debe de ser una pretensión por mi parte, si pudiera ayudarlo a mi modo sencillo y muy femenino. Es un asesino perverso, inspector Neele, y la maldad debe encontrar su castigo.

—No se estilan ya esas ideas, Miss Marple, y, créame, no es que no opine como usted.

—Hay un hotel cerca de la estación, el Golf, ¿verdad? —dijo ella tanteando—, y creo que en esta casa vive una tal Miss Ramsbottom, que se interesa por las misiones extranjeras.

El inspector miró a Miss Marple con respeto.

—Sí —replicó—. Es posible que por ahí consiga averiguar algo. Yo no puedo decir que haya tenido mucho éxito con esa dama.

—Es muy amable, inspector Neele. Celebro mucho que no me considere una simple chismosa.

El detective no pudo sino sonreír. Pensó que Miss Marple no se correspondía con la idea popular del ángel exterminador, aunque tal vez fuera eso, exactamente.

—Los periódicos son muy sensacionalistas en sus relatos —señaló Miss Marple—, pero no son tan precisos como sería de desear. Si yo pudiera estar segura de conocer bien los hechos...

—Son como creo que ya los conoce —replicó Neele—. Dejando aparte las frases sensacionalistas, son estos: Mr. Fortescue murió en su despacho por haber ingerido taxina. La taxina se obtiene de las hojas del tejo.

—Muy conveniente —comentó Miss Marple.

—Sí, pero no tenemos pruebas. Es decir, por ahora.

Lo recalcó porque pensaba que en eso podía serle útil Miss Marple. Si habían preparado el veneno en la casa, Miss Marple encontraría algún rastro. Era de esas viejas que preparan licores caseros, cocimientos e infusiones de hierbas.

—¿Y Mrs. Fortescue?

—Mrs. Fortescue tomó el té con la familia en la biblioteca. La última persona que abandonó la estancia fue Miss Elaine Fortescue, su hijastra, quien declara que, al marcharse, Mrs. Fortescue se estaba sirviendo otra taza de té. Unos veinte minutos después, Miss Dove, el ama de llaves, entró para retirar el servicio. Mrs. Fortescue seguía sentada en el sofá, pero estaba muerta. A su lado había media taza de té y en los posos había cianuro potásico.

—Cuya acción es casi instantánea, según tengo entendido —concluyó Miss Marple.

—Exacto.

—Una sustancia muy peligrosa —murmuró Miss Marple—. La usamos para eliminar las avispas. Pero yo siempre tengo mucho, mucho cuidado.

—Tiene usted razón —respondió Neele—. Había un paquete en el cobertizo del jardinero.

—Otra vez muy conveniente —dijo Miss Marple—. ¿Mrs. Fortescue estaba comiendo algo?

—¡Oh, sí! Tomaron un té y comieron mucho.

—¿Pasteles? ¿Pan y mantequilla? ¿Bollos? ¿Jalea? ¿Miel?

—Sí, había miel, pastas, tarta de chocolate, panecillos y varias cosas más. —La miró con curiosidad—. El cianuro estaba en el té, Miss Marple.

—¡Oh, sí, sí! Ya lo sé. Solo estaba tratando de recrear la escena, por así decirlo. Bastante significativo, ¿no le parece?

Neele la miró intrigado. La anciana tenía las mejillas arreboladas y le brillaban los ojos.

—¿Y la tercera muerte, inspector?

—Los hechos están bastante claros. Gladys llevó la bandeja con el té, luego llevó la otra hasta el vestíbulo, pero la dejó allí. Al parecer, aquel día estaba bastante distraída. Después nadie volvió a verla. La cocinera pensó que había salido sin pedir permiso. Llegó a semejante conclusión porque Gladys se había puesto sus mejores medias de nailon y zapatos. Se equivocó. La chica debió de recordar de pronto que no había recogido la ropa tendida y corrió a hacerlo. Llevaba recogida la mitad cuando alguien la sorprendió por detrás, le puso una media al cuello y... bueno, eso es todo.

—¿Alguien del exterior? —preguntó Miss Marple.

—Quizá. Pero también pudo ser de la casa. Alguien que aguardaba la oportunidad de encontrarla sola. La muchacha estaba muy intranquila, nerviosa, la primera vez que la interrogamos, pero me temo que no le dimos importancia.

—¿Cómo iban a imaginárselo? —exclamó Miss Marple—. Muchas personas se muestran nerviosas y parecen culpables cuando las interroga la policía.

—Eso es. Pero esta vez, Miss Marple, fue más que eso. Creo que Gladys había sorprendido a alguien realizando una acción que según ella necesitaba explicación. Creo que no pudo ser nada muy evidente. De otro modo, lo hubiese dicho. Pero me parece que debió de traicionarse ante la persona en cuestión, y esta se dio cuenta de que Gladys constituía un peligro.

—Y por eso la estrangularon y le prendieron una pinza de tender la ropa en la nariz —murmuró Miss Marple.

—Sí, fue un detalle repugnante. Un gesto grotesco y morboso. Una bravata cruel e innecesaria.

Miss Marple negó con la cabeza.

—No tan innecesario. Así todo concuerda, ¿no es así?

El inspector la miró extrañado.

—Me temo que no la entiendo, Miss Marple. ¿Qué quiere decir?

La anciana enrojeció.

—Quiero decir que eso parece, si lo consideramos como una única secuencia, no sé si me comprende. Una no puede apartarse de los hechos, ¿verdad?

—Sigo sin comprender.

—Quiero decir que primero tenemos a Mr. Fortescue. Rex Fortescue asesinado en su despacho. Luego su esposa, sentada en la biblioteca tomando té. Había bollos y miel. Y por último la pobre Gladys, con la pinza de tender en la nariz. Todo parece recalcar una cosa. La encantadora esposa de Lance Fortescue me dijo que no tenía sentido ni razón, pero yo no puedo estar de acuerdo con ella, porque recuerdo la cancioncilla.

—No creo... —dijo el inspector despacio.

Miss Marple continuó a toda prisa.

—Supongo que debe de tener usted unos treinta y cinco o treinta y seis años, ¿verdad, inspector Neele? Creo que hubo una moda, cuando usted era niño, en contra de las canciones infantiles. Pero cuando una ha sido educada con los cuentos de Mamá Oca... quiero decir que resulta altamente significativo, ¿verdad? Yo querría saber algo más. —Miss Marple hizo una pausa, luego pareció armarse de valor y prosiguió decidida—: Ya sé que es una impertinencia por mi parte decirle una cosa así.

—Por favor, diga lo que sea, Miss Marple.

—Es usted muy amable. A pesar de que, como le digo, lo hago con todos mis respetos, porque sé que soy muy vieja y bastante tonta, y mis ideas no valen mucho, querría saber si ha investigado usted el asunto de los mirlos.

Capítulo 14

Durante unos segundos el inspector Neele contempló a Miss Marple con el más completo asombro. Lo primero que se le ocurrió fue que la pobre señora había perdido la razón.

—¿Mirlos? —repitió.

Miss Marple asintió vigorosamente.

—Sí —respondió la anciana, y recitó a continuación:

Canta el canto de los reales, un puñado de centeno,
de los veinticuatro mirlos de un pastel relleno.
Se abrió el pastel, y los mirlos se pusieron a cantar.
¿No era un plato delicioso, para el rey desayunar?
Recontando su tesoro, se hallaba en palacio el rey.
La reina estaba en la sala, comiendo pan y miel.
Y la doncella colgaba la ropa en el jardín,
cuando un pájaro volando le arrancó la nariz.

—¡Cielo santo! —exclamó el inspector.

—Quiero decir que todo concuerda —afirmó Miss Marple—. Tenía centeno en el bolsillo, ¿no es así? Lo decía uno de los periódicos. Los otros solo decían grano, pero grano es demasiado ambiguo. Podría ser maíz o trigo, incluso cebada, pero no: era centeno.

El inspector asintió.

—Pues ahí lo tiene —continuó Miss Marple triunfante—. Rex Fortescue. *Rex*, que significa rey, estaba en su palacio, en su oficina. Su esposa, la reina, estaba en la sala comiendo pan y miel. Y, como es natural, el asesino tuvo que prender una pinza en la nariz de la pobre Gladys.

—¿Quiere usted decir que hay algún loco suelto?

—No debemos sacar conclusiones precipitadas, pero desde luego es muy extraño. Y usted debe hacer averiguaciones respecto a los mirlos. ¡Porque debe de haberlos!

En aquel preciso momento entró el sargento Hay diciendo con toda urgencia:

—Señor...

Se interrumpió al ver a Miss Marple. El inspector, recobrándose, dijo:

—Gracias, Miss Marple. Me ocuparé del asunto. Y puesto que se interesa por la muchacha, quizá quiera echar un vistazo a sus pertenencias. El sargento Hay la acompañará a su habitación.

La solterona aceptó la despedida y salió de la estancia.

—¡Mirlos! —masculló el inspector. El sargento Hay lo miraba extrañado—. Sí, Hay. ¿Qué pasa?

—Señor —dijo el sargento nervioso—, mire esto.

Le mostró un objeto envuelto en un pañuelo algo sucio.

—Lo encontramos entre los arbustos —explicó el sargento—. Debieron de arrojarlo desde una de las ventanas posteriores.

Desenvolvió el objeto sobre el escritorio y el inspector lo examinó con creciente interés. Se trataba de un bote de mermelada casi lleno.

Neele lo miró sin pronunciar palabra. Su rostro había adquirido una expresión bobalicona y ausente. Aquello significaba que su mente husmeaba el rastro de una pista imaginaria. Los hechos desfilaban por su mente como en una película. Vio un bote de mermelada sin estrenar, unas manos que le quitaban la tapa, sacaban una pequeña cantidad, la mezclaban con taxina y la volvían a colocar en el bote, alisándola convenientemente antes de cerrarlo de nuevo. Interrumpió sus meditaciones para preguntar a Hay:

—¿No sacan la mermelada del bote para colocarla en una compotera?

—No, señor. Durante la guerra, cuando escaseaban los alimentos, la gente adoptó la costumbre de servirla en el mismo bote, y así vienen haciéndolo desde entonces.

—Por supuesto, eso facilita las cosas —murmuró el inspector.

—Sí, señor. Aún hay más. Mr. Fortescue era el único que tomaba mermelada para desayunar, y también Mr. Percival, cuando estaba en casa. Los demás tomaban jalea o miel.

—Sí —dijo el inspector—. Y así resulta todo mucho más sencillo, ¿no?

En su imaginación, la película volvió a ponerse en movimiento. Ahora veía la mesa del desayuno. Rex Fortescue alargaba la mano para servirse mermelada y luego extenderla con la cuchara sobre una tostada. Desde luego, era mucho más sencillo que arriesgarse a echar el veneno en la taza de café. ¡Un método a prueba de tontos! ¿Y después? Otro salto y una imagen algo confusa. El cambio del bote de mermelada por otro nuevo al que le faltaba justo la misma cantidad. Y luego una ventana abierta. Un brazo que arrojaba el bote entre las plantas. ¿De quién era aquel brazo?

—Tendremos que analizarlo, desde luego —comentó el inspector en tono serio—. Ver si hay rastro de taxina. No debemos precipitarnos.

—No, señor. Es posible que encontremos huellas dactilares.

—Pero no las que queremos nosotros —replicó el inspector—. Las de Gladys, desde luego, las de Crump y las de Fortescue. Es probable que además aparezcan las de la cocinera, el chico del colmado y alguna más. Si alguien colocó la taxina en este bote ya tendría buen cuidado de no

dejar las suyas. De todas maneras, no debemos precipitarnos. ¿Dónde compran la mermelada y dónde se guarda?

El diligente sargento Hay tenía las respuestas prepa-
radas.

—Los botes de jalea y mermelada los compran por medias docenas. Y cada vez que se termina un bote es reemplazado por otro nuevo que se guarda en la despensa.

—Eso significa —dijo Neele— que pudo haber sido ma-
nipulado varios días antes de servirlo a la hora del desayuno. Y cualquiera que viviera en la casa, o tuviese acceso a
ella, hubiese podido hacerlo.

El término *acceso a la casa* intrigó al sargento Hay, que no
podía seguir las divagaciones de su superior.

Pero Neele estaba formulando lo que le parecía una
conclusión lógica.

Si la mermelada fue envenenada de antemano, entonces, sin la menor duda, quedaban eliminadas las personas
que estuvieron desayunando con Rex la mañana fatal.

Lo cual ofrecía nuevas posibilidades.

Mentalmente dispuso nuevas entrevistas con varias
personas, esta vez desde un ángulo distinto.

Debía mantener la mente abierta.

Incluso consideró con seriedad las sugerencias de Miss
cómo-se-llamase sobre la canción infantil. Ya que no existía
la menor duda de que concordaba en todo de una manera
sorprendente. Incluso con lo que tanto lo intrigaba desde el
principio: el puñado de centeno.

—¿Mirlos? —murmuró Neele para sí.

El sargento Hay lo corrigió.

—No, señor, no es membrillo. Es mermelada.

El inspector Neele fue en busca de Mary Dove. La encontró
en uno de los dormitorios del primer piso, supervisando a
Ellen, que quitaba las sábanas limpias de una cama. En

una de las sillas había un pequeño montón de toallas limpias.

Neele se mostró asombrado.

—¿Es que viene algún huésped? —preguntó el inspector Neele.

Mary Dove le dirigió una sonrisa. En contraste con Ellen, siempre ceñuda y de mal talante, Mary conservaba su imperturbable calma.

—Es justo lo contrario —le contestó.

Neele la miró en busca de una explicación.

—Es la habitación de huéspedes, que habíamos preparado para Mr. Gerald Wright.

—¿Gerald Wright? ¿Quién es?

—Un amigo de Miss Elaine.

Mary procuró evitar cualquier inflexión en su voz.

—¿Iba a venir aquí? ¿Cuándo?

—Creo que llegó al hotel Golf al día siguiente de la muerte de Mr. Fortescue.

—¿Al día siguiente?

—Eso dijo Miss Fortescue. —El tono de Mary seguía siendo inexpresivo—. Quería que se hospedara aquí, de modo que preparé la habitación. Ahora, después de estas otras dos tragedias, parece más lógico que siga en el hotel.

—¿En el Golf?

—Sí.

—Ya —dijo Neele.

Ellen recogió las sábanas y toallas y salió del cuarto. Mary Dove miró inquisitivamente al inspector.

—¿Quería usted algo?

—Es muy importante conocer las horas exactas. La familia parece no estar muy segura, tal vez eso sea comprensible. Usted, por el contrario, Miss Dove, no ha mostrado la menor vacilación en sus declaraciones sobre las horas.

—¡Y también es comprensible!

—Sí. Quizá debo felicitarla por el modo en que ha sabido llevar la casa a pesar del pánico que pueden haber causado las últimas muertes. —Hizo una pausa y agregó con pretendida curiosidad—: ¿Cómo se las arregla?

Había comprendido astutamente que el único punto vulnerable de la armadura de la joven era saberse eficiente. Ella se ablandó un poco.

—Desde luego, los Crump querían marcharse enseguida.

—No se lo hubiéramos permitido —dijo con energía el inspector Neele.

—Lo sé. Les dije que Mr. Percival Fortescue se mostraría más..., bueno..., más generoso con aquellos que le hubieran evitado molestias.

—¿Y Ellen?

—Ellen no desea marcharse.

—Ellen no desea marcharse —repitió el inspector—. Tiene nervios de acero.

—Le divierten los desastres. Como a la esposa de Mr. Percival, que considera las tragedias un agradable entretenimiento.

—Interesante. ¿Usted cree que la esposa de Mr. Percival ha disfrutado con estas desgracias?

—No, claro que no. Eso es ir demasiado lejos. Diría que ha podido... bueno... soportarlo.

—¿Y de qué modo le han afectado a usted, Miss Dove? La muchacha se encogió de hombros.

—No ha sido una experiencia agradable —contestó secamente.

Una vez más el inspector sintió deseos de romper la frialdad de aquella mujer y averiguar lo que escondía en realidad tras su actitud distante y calculadora.

—Vamos a recordar horas y lugares —dijo con brusquedad—. La última vez que vio usted a Gladys Martin fue en el vestíbulo antes de servir el té, y eso fue a las cinco menos veinte.

—Sí. Le dije que llevara el té.

—¿Y usted de dónde venía?

—De arriba. Creí haber oído el teléfono pocos minutos antes.

—Supongo que Gladys habría atendido la llamada.

—Sí. Se equivocaron de número. Alguien que preguntaba por la lavandería.

—¿Y esa fue la última vez que vio usted a Gladys?

—Unos diez minutos más tarde sirvió el té en la biblioteca.

—¿Y después entró Miss Elaine?

—Sí. Unos tres o cuatro minutos más tarde. Luego yo subí a decirle a la esposa de Mr. Percival que el té estaba servido.

—¿Solía hacer eso normalmente?

—Oh, no. Acostumbran a bajar cuando les place, pero Mrs. Fortescue me preguntó dónde se habían metido todos. Me pareció oír bajar a Mrs. Val, pero estaba equivocada.

Neele la interrumpió. Aquello era algo nuevo.

—¿Quiere decir que oyó andar a alguien por arriba?

—Sí, en lo alto de la escalera. Pero al ver que no bajaba nadie, subí. La esposa de Mr. Percival estaba en su habitación. Acababa de llegar. Había salido a dar un paseo.

—A dar un paseo. Y entonces serían...

—Sobre las cinco, más o menos.

—¿Y cuándo llegó Mr. Lancelot Fortescue?

—Pocos minutos después de que yo bajara. Pensé que había llegado antes, pero...

—¿Por qué pensó que había llegado antes? —la interrumpió el inspector.

—Porque creí haberlo visto desde la ventana del descansillo.

—¿En el jardín, quiere decir?

—Sí. Vi a alguien junto al seto de tejos y supuse que sería él.

—¿Eso fue cuando bajó, después de anunciar a la esposa de Mr. Percival que el té estaba servido?

—No, no, entonces no, sino antes, cuando bajé por primera vez —lo corrigió Mary.

—¿Está segura, Miss Dove?

—Sí, por completo segura. Por eso me sorprendió verlo cuando llamó a la puerta.

El inspector Neele negó con la cabeza y procuró disimular su excitación.

—De ningún modo podía ser Lancelot Fortescue la persona que vio usted en el jardín. Su tren, que debía llegar a las cuatro veintiocho, llevaba nueve minutos de retraso. Llegó a la estación de Bayton Heath a las cuatro y treinta y siete. Tuvo que esperar unos minutos hasta encontrar un taxi. Ese tren va siempre muy lleno. Eran casi las cinco menos cuarto, o sea, cinco minutos después de que usted viera a un hombre en el jardín, cuando salió de la estación, y es un viaje de diez minutos en coche. Despidió el taxi en la entrada a las cinco menos cinco, como muy pronto. No, no era Lancelot Fortescue el hombre que usted vio.

—Estoy segura de que vi a alguien.

—Sí, usted vio a alguien. Estaba oscureciendo. ¿Pudo ver al hombre con claridad?

—No pude ver su cara, pero era alto y delgado. Y como estábamos esperando a Lancelot Fortescue, llegué a la conclusión de que era él.

—¿En qué dirección iba?

—Caminaba por el otro lado del seto, en dirección al lado este de la casa.

—Allí hay una puerta, ¿suele estar cerrada?

—Está abierta hasta última hora de la tarde.

—¿Cualquiera pudo entrar por esa puerta sin ser visto por nadie de la casa?

Mary Dove meditó unos instantes.

—Creo que sí. Sí —agregó con presteza—. ¿Quiere decir que la persona que oí andar más tarde por arriba pudo haber entrado por allí? ¿Que pudo haberse escondido arriba?

—Algo así.

—¿Pero quién?

—Eso todavía está por ver. Muchas gracias, Miss Dove.

La muchacha ya se iba cuando el inspector Neele dijo en tono casual:

—A propósito, supongo que usted no podrá decirme nada de los mirlos.

Por primera vez Mary Dove pareció sorprendida.

—Yo... ¿Cómo ha dicho?

—Le preguntaba por los mirlos.

—¿Qué quiere decir?

—Mirlos —repitió el inspector con su expresión más estúpida.

—¿Se refiere a la tontería del verano pasado? Pero no creerá... —Se interrumpió.

—Me han comentado algunas cosas, pero había pensado que usted podría hacerme un relato más detallado.

Mary Dove volvió a ser la misma de siempre.

—Creo que fue una broma tonta y malvada. Aparecieron cuatro mirlos muertos en el escritorio del despacho de Mr. Fortescue. Era verano y las ventanas estaban abiertas. Pensamos que había sido el hijo del jardinero, a pesar de que él insistió en negarlo. La verdad era que el jardinero los había cazado y los había dejado colgados en los árboles frutales.

—¿Y alguien los cogió y los colocó en el escritorio de Mr. Fortescue?

—Sí.

—¿Y existía alguna razón, algo que tuviera que ver con los mirlos?

—No lo creo —respondió Mary negando con la cabeza.

—¿Cómo se lo tomó Mr. Fortescue? ¿Se enfadó?

—Naturalmente.

—¿Pero no se inquietó?

—Apenas lo recuerdo.

—Ya.

El inspector no dijo nada más. Mary Dove se dispuso a marcharse, aunque esta vez de mala gana, como si hubiese querido saber algo más de lo que pensaba Neele. Pero el inspector estaba ocupado en su enfado con Miss Marple, que le había sugerido que debía haber mirlos en aquel caso. ¡Y los había! No veinticuatro, precisamente, pero sí una muestra.

Había ocurrido el verano anterior y no podía establecer una relación entre ambos sucesos. No iba a consentir que aquellos pajarracos lo apartaran de las investigaciones lógicas y sensatas de un crimen cometido por un asesino en su sano juicio y por un motivo razonable. Pero de ahora en adelante se vería obligado a recordar y tener en cuenta hasta las posibilidades más absurdas.

Capítulo 15

—Siento volver a molestarla, Miss Fortescue, pero quiero estar seguro, completamente seguro, de una cosa. Por lo que sabemos, fue usted la última persona, o mejor dicho la penúltima, que vio con vida a Mrs. Fortescue. ¿Eran las cinco y veinte cuando usted salió de la biblioteca?

—Más o menos —dijo Elaine—. No puedo decírselo con exactitud. No voy mirando el reloj a cada momento.

—No, claro. Y durante el tiempo que estuvo sola con Mrs. Fortescue, una vez que se marcharon los demás, ¿de qué hablaron?

—¿Es que acaso importa?

—Probablemente no, pero me ayudaría a saber en qué estado de ánimo se encontraba Mrs. Fortescue.

—¿Quiere decir que... cree usted que pudo haberse matado?

El inspector observó cómo se le iluminaba el rostro. Sin duda sería la solución más conveniente para la familia. Pero el inspector no era de esa opinión. Adele Fortescue no pertenecía al tipo de las suicidas. Incluso aunque hubiera matado a su esposo y estuviera convencida de que iban a acusarla de este crimen, no se habría matado, pues confiaría en que, aunque la juzgaran por asesina, saldría absuelta. Sin embargo, no tenía nada en contra de que Elaine Fortescue aceptara esa posibilidad, y por ello le dijo sin faltar del todo a la verdad:

—Por lo menos existe esa posibilidad, Miss Fortescue. Ahora quizá quiera decirme sobre qué conversaron.

—La verdad es que hablamos de mis cosas. —Elaine vaciló.

—¿Qué cosas? —Neele hizo una pausa, interrogándola con expresión amable.

—Un amigo mío acababa de llegar, y yo le pregunté a Adele si tendría inconveniente en que... en que se hospedara en casa.

—Ah. ¿Y quién es su amigo?

—Mr. Gerald Wright. Es director de una escuela. Se hospeda en el hotel Golf.

—¿Un amigo muy íntimo, quizá?

El inspector Neele lo dijo con una expresión que lo hacía aparentar quince años más.

—¿Tal vez podemos —prosiguió— esperar en breve una noticia interesante?

Casi se arrepintió al ver el torpe ademán de la muchacha y su rubor. Era evidente que estaba enamorada de aquel hombre.

—Nosotros todavía no estamos comprometidos oficialmente y, por supuesto, ahora no es el momento. Pero, bueno, sí, quiero decir que pensamos casarnos.

—Enhorabuena. Dice usted que Mr. Wright se hospeda en el hotel Golf. ¿Cuánto tiempo lleva allí?

—Lo telegrafié al morir papá.

—Y vino enseguida, claro. ¿Y qué dijo Mrs. Fortescue cuando usted le preguntó si podía traerlo aquí?

—¡Oh! Dijo que muy bien, que podía traer a quien quisiera.

—¿Se mostró, pues, complaciente?

—No del todo. Dijo...

—Sí, ¿qué dijo?

Elaine volvió a sonrojarse.

—¡Oh! Una estupidez. Dijo que ahora podría conseguir algo mejor. Algo muy propio de Adele.

—¡Ah, ya! Los parientes suelen decir esas cosas.

—Sí, sí, es cierto. Pero a menudo a la gente le resulta difícil apreciar a Gerald en lo que vale. Es un intelectual y tiene unas ideas poco convencionales y muy progresistas que a la gente no le gustan.

—¿Por esa razón no se llevaba bien con su padre?

Elaine se sonrojó con intensidad.

—Papá tenía muchos prejuicios y era injusto. Hirió los sentimientos de Gerald. La verdad es que le dolió tanto la actitud de mi padre que se marchó y no supe nada de él durante varias semanas.

«Y es probable que hubiera continuado sin saber de él si su padre no hubiera muerto dejándole un montón de dinero», pensó Neele. En voz alta preguntó:

—¿Hablaron de algo más, usted y Mrs. Fortescue?

—No, creo que no.

—Eran las cinco y veinticinco y Mrs. Fortescue fue encontrada muerta a las seis menos cinco. ¿Usted no volvió a la biblioteca durante esa media hora?

—No.

—¿Qué estuvo haciendo?

—Fui... fui a dar un paseo.

—¿Hasta el hotel Golf?

—Sí, pero Gerald no estaba.

El inspector Neele asintió con una expresión que parecía indicar que el interrogatorio había concluido. Elaine Fortescue se puso en pie:

—¿Nada más?

—Nada más, Miss Fortescue. Gracias. —Y añadió sin darle importancia—: ¿Puede decirme algo acerca de los mirlos?

—¿Mirlos? —Lo miró extrañada—. ¿Se refiere a los del pastel?

«Estaban en el pastel, faltaría más», pensó el inspector, pero se limitó a decir:

—¿Cuándo fue eso?

—Hará cosa de tres o cuatro meses, y también encontramos otros sobre el escritorio de papá. Estaba furioso.

—¿Furioso? ¿Intentó averiguar quién era el responsable?

—Sí, desde luego, pero no pudo averiguar nada.

—¿Tiene usted idea de por qué se enfadó tanto?

—Fue una cosa bastante desagradable, ¿no le parece?

Neele la miró fijo, pero no vio ninguna expresión evasiva.

—Ah, solo una cosa más, Miss Fortescue. ¿Sabe usted si su madrastra había hecho testamento alguna vez?

Elaine negó con la cabeza.

—No tengo la menor idea. Supongo que sí. La gente suele hacer testamento, ¿no?

—Suelen hacerlo, pero no siempre. ¿Ha hecho usted testamento, Miss Fortescue?

—No, no. Hasta ahora no tenía nada que dejar, pero ahora..., claro...

Neele vio en su rostro la comprensión de que su posición había cambiado.

—Sí —le dijo el inspector—. Cincuenta mil libras son toda una responsabilidad, y cambian muchas cosas, Miss Fortescue.

El inspector Neele se quedó algunos minutos pensativo después de que Elaine Fortescue se marchase. Desde luego se le habían abierto nuevos horizontes para la meditación. La declaración de Mary Dove de haber advertido la presencia de un hombre en el jardín alrededor de las cuatro y treinta y cinco ofrecía nuevas posibilidades. Eso, por supuesto, en el caso de que Mary Dove dijera la verdad. El inspector Neele tenía la costumbre de no confiar nunca en nadie. Pero, pensándolo bien, no veía ninguna razón para que fuera una mentira. Se sentía inclinado a creerla. Era evidente que no pudo ser Lancelot Fortescue, aunque el hecho de que Mary Dove lo creyera resultaba lógico debido a las circunstancias. No era Lancelot Fortescue, pero sí un hombre de constitución física y estatura parecidas. Y si había habido un hombre en el jardín a aquella hora moviéndose furtivamente, y así debió de ser a juzgar por el modo en que buscaba el amparo de los setos, eso se prestaba a formular una nueva línea de pensamiento.

A esto tenía que añadir lo que contó, que había oído a alguien en el piso superior, lo cual coincidía con otra cosa: el rastro de barro en la alfombra del salón de Adele Fortescue. A la mente del inspector Neele acudió el recuerdo del pequeño escritorio. Una antigüedad falsificada con un cajoncito secreto, bastante obvio. En el cajón había tres cartas escritas por Vivian Dubois a Adele Fortescue. Por las manos del inspector habían pasado muchas clases de cartas de amor durante toda su carrera. Había visto misivas apasionadas, tontas, sentimentales, airadas, y también cautelosas, y por eso clasificó aquellas tres entre estas últimas. Incluso en un juicio de divorcio podrían pasar como inspiradas solo por una amistad platónica. «Amistad platónica..., ¡y un cuerno!», pensó Neele. Cuando encontró las cartas las envió enseguida a Scotland Yard, porque en aquel momento la cuestión más importante era ver si la oficina del fiscal consideraba que había pruebas suficientes para acusar a Adele Fortescue o a esta y Vivian Dubois juntos. Todo indicaba que Rex Fortescue había sido envenenado por su esposa, con o sin la complicidad de su amante. Aquellas cartas, aunque cautas, demostraban bien claro que Dubois era su amante, pero en sus palabras no había la menor prueba de que la incitara al crimen. Pudo haberlo hecho de palabra, pero Dubois era demasiado precavido para dejar escrito nada semejante.

El inspector Neele supuso acertadamente que Vivian Dubois había pedido a Adele Fortescue que destruyera sus cartas, y que ella le había dicho que ya lo había hecho.

Ahora tenían dos crímenes más entre manos. Y eso significaba que Adele Fortescue no había asesinado a su esposo.

A menos que, pensó el inspector Neele, Adele Fortescue hubiera querido casarse con Vivian Dubois, y el hombre hubiese querido no a Adele, sino los miles de libras que heredaría a la muerte de su esposo. Quizá supuso que la muerte de Rex Fortescue se atribuiría a causas naturales. Al fin y al cabo, todos parecían haber estado preocupados por su salud durante el último año. (El inspector Neele se dijo que debía ahondar en este punto. Tenía el presentimiento de que era importante en algún sentido.) La muerte de Rex Fortescue no se había producido de acuerdo con el plan, sino que fue diagnosticada de inmediato como un envenenamiento, y se averiguó el nombre exacto del veneno.

Suponiendo que Adele Fortescue y Vivian Dubois fueran culpables, ¿cuál hubiera sido su estado de ánimo? Dubois se habría asustado y Adele habría perdido la cabeza. Diría o haría tonterías, tal vez lo llamaría por teléfono, hablaría sin ninguna discreción, diría con toda probabilidad cosas que quizá podría malinterpretar quien las oyera en Yewtree Lodge, y Vivian lo sabía. ¿Qué hubiera hecho entonces?

Todavía era pronto para intentar responder a esa pregunta, pero el inspector Neele se propuso ir al hotel Golf para averiguar si Dubois había estado ausente entre las cuatro y cuarto y las seis. Vivian Dubois era alto y moreno, como Lance Fortescue. Pudo escurrirse por el jardín hasta la puerta lateral, subir la escalera, ¿y luego qué? ¿Buscar las cartas, y descubrir que habían desaparecido? ¿Aguardar allí, hasta que no hubiera moros en la costa, y luego bajar a la biblioteca, donde Adele se había quedado sola, terminándose su última taza de té?

Pero esto era ir demasiado deprisa.

Neele había interrogado a Mary Dove y a Elaine Fortescue. Ahora debía escuchar lo que la esposa de Mr. Percival tenía que decir.

Capítulo 16

El inspector Neele encontró a Mrs. Fortescue en su salón del piso de arriba escribiendo unas cartas. Se puso en pie un tanto nerviosa al verlo entrar.

—¿Hay algo que...?

—Por favor, siéntese, Mrs. Fortescue. Solo quiero hacerle unas cuantas preguntas.

—Desde luego, inspector. Todo esto es tan horrible.

Se sentó en una butaca, y el inspector hizo lo mismo a su lado, en una silla. La observó con más detenimiento de lo que lo había hecho con anterioridad. Pensó que era una mujer mediocre y no muy feliz. Inquieta, insatisfecha, con una inteligencia limitada, aunque sin duda eficiente y capacitada en su antigua profesión de enfermera. Si bien había alcanzado una vida privilegiada gracias a su matrimonio, no estaba satisfecha. Compraba vestidos, leía novelas y comía bombones, pero recordó su ávida excitación la noche de la muerte de Rex Fortescue, y la interpretó no como un placer morboso, sino como la revelación del inmenso tedio que acompañaba su vida. Cerró los párpados ante su escrutadora mirada y adquirió un aspecto culpable e inquieto, pero no estaba seguro de que fuera así.

—Lamento tener que molestarlos continuamente con mis preguntas —se disculpó el inspector—. Debe de ser muy pesado para ustedes, lo comprendo, pero es muy importante conocer las horas exactas de los acontecimientos.

Tengo entendido que bajó usted a tomar el té bastante tarde. De hecho, Miss Dove subió a buscarla.

—Sí, sí, es cierto. Vino a decirme que el té estaba servido. No creía que fuera tan tarde. Había estado escribiendo unas cartas.

El inspector Neele dirigió una mirada al escritorio.

—Comprendo. No sé por qué, pero creía que había salido a dar un paseo.

—¿Se lo dijo ella? Sí, creo que tiene razón. Había estado escribiendo. Hacía mucho calor y me dolía la cabeza, de modo que salí a dar una vuelta. Solo por el jardín.

—Claro. ¿Y encontró a alguien?

—¿Que si encontré a alguien? —Lo miró extrañada—. ¿Qué quiere decir?

—Solo que si vio a alguien, o si alguien pudo verla a usted durante su paseo.

—Vi al jardinero de lejos, eso es todo —contestó con recelo.

—Entonces volvió a entrar y subió a su habitación, y se estaba quitando el abrigo cuando Miss Dove vino a decirle que el té estaba servido, ¿es así?

—Sí, y entonces bajé.

—¿Quiénes estaban en la biblioteca?

—Adele y Elaine, y un par de minutos después llegó Lance. Ya sabe, mi cuñado. El que acaba de llegar de Kenia.

—¿Y entonces tomaron el té?

—Sí. Luego Lance subió a ver a tía Effie y yo vine aquí para terminar de escribir las cartas, y dejé a Elaine con Adele.

—Sí. Parece ser que Miss Fortescue permaneció con su madrastra unos cinco o diez minutos más después de que usted se marchara. ¿Su esposo no había vuelto aún a casa?

—No. Percy... Val... no volvió hasta las seis y media o las siete. Se entretuvo en la ciudad.

—¿Vino en tren?

—Sí. Tomó un taxi en la estación.

—¿Suele regresar en tren?

—Algunas veces. No muy a menudo. Creo que tuvo que ir a algunos lugares de la ciudad donde es difícil encontrar aparcamiento. Le resultaba más sencillo volver en tren desde Cannon Street.

—Por supuesto. Le pregunté a su esposo si Mrs. Fortescue había hecho testamento antes de morir. Dijo que lo ignoraba. Supongo que usted no lo sabrá.

Pero, ante su sorpresa, Jennifer Fortescue asintió enérgicamente.

—Oh, sí. Adele hizo testamento. Ella misma me lo dijo.

—¿De veras? ¿Y cuándo fue eso?

—No hace mucho. Creo que hará cosa de un mes.

—Eso es muy interesante.

Mrs. Fortescue se inclinó hacia delante con el rostro muy animado. Era evidente que disfrutaba pudiendo exhibir sus conocimientos.

—Val no sabe nada. Nadie lo sabe. Yo lo descubrí por casualidad. Iba por la calle, acababa de salir de una papelería, cuando vi a Adele, que salía de la oficina de los abogados. Ya sabe, Ansell y Worrall, de High Street.

—Ah. ¿Es el bufete de abogados local?

—Sí. Y yo le dije: «¿Qué estabas haciendo allí?». Adele se echó a reír y me contestó: «¡A que te gustaría saberlo!». Y mientras caminábamos, me explicó: «Voy a decírtelo, Jennifer. He hecho mi testamento». Y yo le contesté: «Vaya. ¿Por qué, Adele? No estarás enferma o algo parecido, ¿verdad?». Y ella respondió que desde luego que no lo estaba. Nunca se había sentido mejor, pero que todo el mundo debería hacer testamento. Que decidió no hacerlo con el presuntuoso abogado de la familia, Mr. Billingsley, de Londres, porque estaba segura de que les iría con el cuento. Me dijo: «No. Mi testamento es asunto mío, Jennifer, y lo haré a mi gusto y sin que nadie lo sepa». Le contesté: «Bueno, Adele, yo no pienso decírselo a nadie», y me dijo: «Me da igual si lo haces. Tú no sabes lo que he dispuesto». Pero no se lo he dicho a nadie. No, ni siquiera a Percy. Yo creo que las mujeres debemos ayudarnos, ¿no le parece, inspector?

—Un gesto muy bonito por su parte, Mrs. Fortescue —señaló Neele con diplomacia.

—Mire, yo no soy una persona con malos instintos —continuó Jennifer—. No sentía ningún afecto especial por Adele, no sé si me comprende usted. Siempre la consideré una de esas mujeres que no se detienen ante nada con tal de lograr sus propósitos. Pero ahora que ha muerto, pienso que tal vez la juzgué mal.

—Bien, le agradezco su colaboración, Mrs. Fortescue.

—No es ninguna molestia. Celebro poder ayudarlo en lo que me sea posible. Todo esto es terrible, ¿no cree? ¿Quién es esa anciana que ha llegado esta mañana?

—Una tal Miss Marple. Ha tenido la bondad de venir para darnos información acerca de Gladys. Al parecer la tuvo a su servicio.

—¿De veras? Qué interesante.

—Otra cosa, Mrs. Fortescue. ¿Sabe usted algo de los mirlos?

Jennifer se sobresaltó. Se le cayó el bolso al suelo y se agachó para recogerlo.

—¿Mirlos, inspector? ¿Mirlos? ¿Qué clase de mirlos, inspector? —preguntó con voz jadeante.

—Solo mirlos —manifestó Neele con una sonrisa—. Vivos, muertos o, quizá, digamos meramente simbólicos.

—Ignoro a qué se refiere —respondió ella con brusquedad—. No sé de qué me está hablando.

—Entonces, Mrs. Fortescue, ¿no sabe nada de los mirlos?

—Supongo que se refiere a los que aparecieron en el pastel el verano pasado —dijo despacio.

—También dejaron algunos en el escritorio del despacho, ¿no es cierto?

—Fue una broma estúpida. No sé quién puede haberle hablado de ello. Mi suegro se molestó mucho.

—¿Solo se molestó? ¿Nada más?

—Ya comprendo lo que insinúa. Supongo que tiene razón. Preguntó si había algún extraño por los alrededores.

—¿Algún extraño? —El inspector enarcó las cejas.

—Bueno, eso fue lo que dijo —contestó la esposa de Mr. Percival a la defensiva.

—Extraños —repitió el inspector, pensativo—. ¿Parecía asustado?

—¿Asustado? ¿A qué se refiere?

—Nervioso. Preocupado por la presencia de extraños.

—Pues sí, bastante. Pero no lo recuerdo muy bien. Fue hace algunos meses. No creí que se tratara de otra cosa que de una estúpida broma. Tal vez fuera Crump. La verdad es que a Crump lo considero un hombre desequilibrado y estoy convencida de que bebe. Algunas veces resulta incluso insolente. Me he preguntado a menudo si le guardaría rencor a Mr. Fortescue. ¿Lo cree posible, inspector?

—Todo es posible —afirmó el inspector, y se retiró.

Percival Fortescue se hallaba en Londres, pero el inspector Neele encontró a Lancelot y a su esposa en la biblioteca, jugando al ajedrez.

—No quisiera interrumpirlos —dijo Neele, disculpándose.

—Solo estamos matando el tiempo, inspector. ¿No es cierto, Pat?

Pat hizo un gesto de asentimiento.

—Supongo que la pregunta que voy a hacerles les parecerá bastante tonta —dijo Neele—. ¿Sabe usted algo de los mirlos, Mr. Fortescue?

—¿Mirlos? —Lance lo miró divertido—. ¿Qué clase de mirlos? ¿Se refiere a pájaros auténticos?

—No estoy muy seguro, Mr. Fortescue —señaló Neele con una sonrisa encantadora—. Pero alguien mencionó unos mirlos.

—¡Santo cielo! —Lance se mostró súbitamente alerta—. Supongo que no se referirá a la vieja mina del mirlo.

—¿La mina del mirlo? ¿Qué es eso? —preguntó Neele.

Lance frunció el entrecejo.

—Lo malo es que apenas recuerdo nada, inspector. Solo tengo una vaga idea de un oscuro tejemaneje en el pasado de mi padre. Una mina que estaba en la costa oeste de África. Creo que tía Effie se lo echó en cara alguna vez, pero no recuerdo bien.

—¿Tía Effie? Supongo que se refiere a Miss Ramsbottom.

—Sí.

—Iré a preguntárselo —comentó el inspector Neele, agregando con cierto apuro—: Es una señora que impone, Mr. Fortescue. Me pone un poco nervioso.

Lance se echó a reír.

—Sí. Tía Effie es todo un personaje, pero puede servirle de ayuda, inspector, si consigue dar con su lado bueno, cosa fácil tratándose del pasado. Tiene una memoria excelente, y le encanta recordar cualquier cosa que tenga que ver con algo malo. —Y con expresión algo pensativa, agregó—: Hay algo más. Fui a verla al poco de haber llegado, inmediatamente después de tomar el té. Me habló de Gladys. La doncella a la que asesinaron. Claro que entonces no lo sabíamos. Pero tía Effie dijo que estaba segura de que Gladys sabía algo que no había dicho a la policía.

—Eso parece —replicó el inspector Neele—. Y ahora ya nunca lo dirá.

—No. Tía Effie le aconsejó que dijera todo lo que sabía. Es una lástima que no pudiese hacerlo.

Neele asintió. Luego, sacando fuerzas de la flaqueza, se encaminó a la fortaleza de Miss Ramsbottom. Se sorprendió al ver a Miss Marple discutiendo con ella sobre las misiones extranjeras.

—Ya me marcho, inspector —anunció Miss Marple, poniéndose en pie a toda prisa.

—No es necesario, señora.

—He pedido a Miss Marple que venga a instalarse aquí. Es absurdo gastar dinero en ese ridículo hotel Golf. Es un perverso nido de juerguistas. Se pasan toda la noche bebiendo y jugando a las cartas. Será mejor que se hospede en una casa decente y cristiana. Hay una habitación libre junto a la mía. La doctora Mary Peter, una misionera, fue la última en ocuparla.

—Es usted muy amable —respondió Miss Marple—, pero creo que no debo molestarlos, estando como están de luto.

—¿Luto? ¡Tonterías! —dijo Miss Ramsbottom—. ¿Quién llorará por Rex en esta casa? ¿Y por Adele? ¿O es la policía la que le preocupa? ¿Hay algún inconveniente, inspector?

—Por mi parte ninguno, señora.

—Ya lo oye usted —indicó Miss Ramsbottom.

—Es muy amable —respondió Miss Marple agradecida—. Voy a telefonear al hotel para decir que pueden disponer de mi habitación.

Salió de la estancia, y Miss Ramsbottom se volvió hacia el inspector con gesto un tanto arisco.

—¿Y usted qué quiere?

—Me pregunto si podría decirme algo acerca de la mina del mirlo, señora.

Mrs. Ramsbottom soltó una carcajada estridente.

—¡Ajá! ¡También ha averiguado eso! Veo que no ha pasado por alto la pista que le di el otro día. Bien, ¿qué quiere saber?

—Todo lo que pueda usted decirme.

—No es gran cosa. Ha pasado mucho tiempo, quizá veinte o veinticinco años. Una concesión en el África Oriental. Mi cuñado se asoció con un hombre llamado MacKenzie. Fueron juntos a ver la mina, y MacKenzie murió víctima de la fiebre. Rex regresó diciendo que la concesión o como se llame no valía nada. Eso es todo lo que sé.

—Yo creo que sabe algo más, señora —señaló Neele en tono persuasivo.

—Lo demás son habladurías. Y tengo entendido que la ley no hace caso de las habladurías.

—Aún no estamos en el juzgado, señora.

—No puedo decirle nada más. Los MacKenzie armaron mucho alboroto. Es todo lo que sé. Se empeñaron en que Rex había estafado a MacKenzie. Y me atrevo a decir que tenían razón. Era un individuo listo y sin escrúpulos, pero estoy segura de que todo lo hizo dentro de la legalidad. No consiguieron probar nada. Mrs. MacKenzie era una mujer medio chiflada. Vino aquí amenazando con vengarse, y dijo que Rex había asesinado a su esposo. Un escándalo ridículo y melodramático. Creo que estaba algo perturbada y, si no recuerdo mal, poco después ingresó en un sanatorio. Vino acompañada de dos niños que parecían muy asustados, y dijo que ellos la vengarían o algo así. Idioteces. Bueno, eso es todo lo que sé. Y permítame que le diga que la mina del mirlo no fue la única estafa que Rex cometió. Encontrará otras muchas, si busca bien. ¿Cómo averiguó lo de la mina del mirlo? ¿Ha encontrado alguna pista que tenga relación con los MacKenzie?

—¿No sabe usted qué fue de esa familia?

—No tengo la menor idea. No creo que Rex asesinara a MacKenzie, pero muy bien pudo dejarlo morir. Es lo mismo ante Dios, pero no ante la ley. Si lo hizo, ya debe de estar purgando su culpa. Los molinos de Dios muelen despacio, pero muy fino. Será mejor que se marche ahora, pues no sé nada más, así que no se moleste en preguntarme.

—Muchísimas gracias por lo que me ha contado.

—¡Envíeme a esa Miss Marple! —le gritó Miss Ramsbottom a sus espaldas—. Es frívola, como todos los anglicanos, pero tiene unas ideas muy sensatas sobre el modo en que han de hacerse las obras de caridad.

El inspector Neele hizo un par de llamadas telefónicas. La primera a Ansell y Worrall y la segunda al hotel Golf. Luego llamó al sargento Hay y le dijo que abandonaba la casa durante unas horas.

—Tengo que hacer una visita a un abogado. Después podrá encontrarme en el hotel Golf, si me necesita.

—Bien, señor.

—Y averigüe todo lo que pueda acerca de los mirlos —añadió Neele por encima del hombro.

—¿Mirlos, señor? —repitió el sargento Hay, completamente despistado.

—Eso es lo que he dicho. No membrillo, sino mirlos.

—Muy bien, señor —dijo el sargento Hay perplejo.

Capítulo 17

El inspector Neele encontró en Mr. Ansell el tipo de hombre que se deja intimidar con facilidad. Era abogado de una firma poco importante, y se mostró deseoso de ayudar a la policía en cuanto le fuera posible.

Sí, dijo que había preparado el testamento de la difunta Mrs. Fortescue. Había ido a verlo a su despacho unas cinco semanas atrás. A él le pareció algo extraño, desde luego, pero no había dicho nada. En el despacho de un abogado ocurren las cosas más sorprendentes y, por supuesto, el inspector comprendería que la discreción, etcétera. El inspector asintió. Ya había hecho ciertas averiguaciones, y sabía que Ansell no se había ocupado con anterioridad de ningún asunto legal por encargo de Mrs. Fortescue ni de ningún otro miembro de la familia.

—Desde luego —dijo Ansell—, no quiso acudir a los abogados de su esposo.

Los hechos eran bien sencillos. Adele Fortescue había hecho testamento dejando todo cuanto poseía a Vivian Dubois.

—Pero tengo entendido —señaló Ansell, mirando a Neele inquisitivamente— que no tenía gran cosa que dejar.

Neele asintió. Eso era bien cierto cuando Adele había hecho el testamento. Pero puesto que Rex Fortescue había muerto, dejándola heredera de cien mil libras, esas cien mil libras, descontando los derechos reales, pertenecían ahora a Vivian Edward Dubois.

En el hotel Golf, el inspector Neele encontró a Vivian Dubois, que aguardaba su llegada comido por los nervios. Dubois estaba a punto de marcharse, con maletas y todo, cuando recibió la llamada del inspector Neele que, con mucha amabilidad y con numerosas disculpas, le pidió que no se moviera de allí, pero tras sus convencionales palabras, su requerimiento era como una orden. Vivian Dubois protestó, pero tampoco demasiado.

—Espero que comprenda usted, inspector Neele, que me resulta muy molesto tener que quedarme. Tengo asuntos muy urgentes que atender.

—Ignoraba que tuviera negocios aquí, Mr. Dubois —replicó Neele con su cortesía habitual.

—Hoy en día nadie puede permanecer tan ocioso como quisiera.

—La muerte de Mrs. Fortescue debe de haber sido un gran golpe para usted, Mr. Dubois. Eran grandes amigos, ¿no es cierto?

—Sí. Era una mujer encantadora. Jugábamos al golf muy a menudo.

—Supongo que la echará de menos.

—Sí, desde luego. —Dubois suspiró—. Ha sido terrible, terrible.

—Creo que usted la telefoneó la tarde de su muerte.

—¿Sí? No lo recuerdo, la verdad.

—Tengo entendido que a eso de las cuatro.

—Sí, creo que sí.

—¿No recuerda de qué hablaron, Mr. Dubois?

—De cosas sin importancia. Le pregunté cómo se encontraba y si se había averiguado algo del fallecimiento de su esposo. Más o menos, una llamada de cortesía.

—Claro. ¿Y luego salió usted a dar un paseo?

—Sí, sí, creo que sí. Bueno, en realidad no fui a pasear, sino a jugar un rato al golf.

—Me parece que no fue así, Mr. Dubois —objetó el inspector, con gran amabilidad—. Ese día precisamente no. El portero del hotel lo vio alejarse por la carretera en dirección a Yewtree Lodge.

La mirada de Dubois se cruzó con la suya, y se desvió con nerviosismo.

—Lo siento, pero me temo que no lo recuerdo, inspector.

—¿Quizá fue a visitar a Mrs. Fortescue?

—No, no fui a verla —replicó Dubois, tajante—. Ni siquiera me acerqué a la casa.

—¿Adónde fue entonces?

—Fui por la carretera hasta Three Pigeons y luego di un rodeo y volví por el golf.

—¿Está seguro de no haber ido a Yewtree Lodge?

—Completamente seguro, inspector.

—Vamos, Mr. Dubois, es mucho mejor que sea franco ahora. Nadie dice que no pudiera tener alguna razón inocente para ir allí.

—Le digo que aquel día no fui a ver a Mrs. Fortescue.

El inspector se levantó.

—Lo siento, Mr. Dubois —dijo con calma—. Creo que tendremos que llamarlo a declarar, y está usted en su pleno derecho de exigir la presencia de un abogado.

El rostro saludable de Vivian Dubois adquirió un tinte verdoso.

—Me está amenazando. Me está usted amenazando.

—No, no, nada de eso. —El inspector empleó un tono de sorpresa—. No podemos hacer una cosa así. Muy al contrario. Le estoy indicando que tiene usted ciertos derechos.

—Yo no tengo nada que ver en esto. ¡Se lo aseguro!

—Vamos, Mr. Dubois. Usted estuvo en Yewtree Lodge

aquel día, a eso de las cuatro y media. Alguien que miraba por una ventana lo vio.

—Solo estuve en el jardín. No entré en la casa.

—¿No? ¿Está usted seguro? ¿No entraría por la puerta lateral, subiría la escalera para llegar al primer piso y entraría en la salita de Mrs. Fortescue? Estuvo buscando algo, ¿verdad? En el escritorio que hay allí.

—Supongo que las tiene usted —replicó Dubois malhumorado—. Esa tonta de Adele las guardó. Me juró que las quemaría. Pero no significan lo que usted supone.

—No negará usted, Mr. Dubois, que era un amigo muy íntimo de Mrs. Fortescue.

—No, claro que no. ¿Cómo voy a negarlo si usted tiene las cartas? Lo que digo es que no hay necesidad de buscarles un significado siniestro. No supondrá que nosotros..., que ella... hubiera pensado librarse de Rex Fortescue. ¡Dios mío, yo no soy de esa clase de hombres!

—Pero tal vez ella fuese de esa clase de mujeres.

—¡Tonterías! —exclamó Dubois—. ¿Acaso no la asesinaron también?

—¡Oh, sí, sí!

—¿No es lógico suponer que la misma persona que asesinó a su esposo la mató a ella?

—Puede ser. Pero existen otras explicaciones. Por ejemplo, y esto es una simple hipótesis, Mr. Dubois, es posible que Mrs. Fortescue se deshiciera de su esposo y que, después, se convirtiera en un peligro para otra persona. Alguien que quizá no la hubiera ayudado en su crimen, pero por lo menos la hubiera alentado y le..., digamos..., hubiese proporcionado el motivo. Siendo así podría ser un peligro para esa persona.

Dubois tartamudeó.

—Us-us-ted, no pu-puede acusarme de nada. No puede.

—Hizo testamento —lo informó el inspector—. Le deja a usted todo su dinero. Todo cuanto poseía.

—No quiero ese dinero. Ni un solo penique.

—Claro que no es mucho, la verdad. Hay algunas joyas y pieles, pero me imagino que muy poco dinero en efectivo.

—Pero yo creí que su esposo...

Se detuvo en seco.

—¿De veras, Mr. Dubois? —dijo el inspector Neele, esta vez en tono duro—. Eso es muy interesante. Me preguntaba si conocía usted los términos del testamento de Rex Fortescue.

La segunda entrevista que el inspector Neele sostuvo en el hotel Golf fue con Gerald Wright, un joven delgado, inteligente y soberbio. El inspector observó que su constitución era parecida a la de Vivian Dubois.

—¿En qué puedo servirle, inspector Neele?

—Pensé que tal vez pudiera darnos alguna información, Mr. Wright.

—¿Información? ¿De veras? Es poco probable.

—Está relacionada con los recientes sucesos de Yewtree Lodge. Como es natural, ya debe de haber oído algo.

El inspector hizo este último comentario con ironía.

—Oído no es la palabra adecuada —replicó Gerald—. Los periódicos no hablan de otra cosa. ¡Qué sedienta de sangre está nuestra prensa! ¡Vaya unos tiempos estos! ¡Por un lado, la fabricación de bombas atómicas, y, por el otro, nuestros periódicos complaciéndose en publicar noticias sobre crímenes brutales! Pero usted ha dicho que tenía que hacerme unas preguntas. La verdad, no me imagino qué puede preguntarme. No sé nada de este asunto. Me encontraba en la isla de Man cuando Rex Fortescue fue asesinado.

—Llegó usted aquí poco después, ¿no es cierto, Mr. Wright? Recibió un telegrama de Miss Elaine Fortescue.

—Veo que nuestra policía se entera de todo. Pues sí, Elaine me avisó y, por supuesto, vine enseguida.

—Tengo entendido que van ustedes a casarse pronto.

—Es cierto. Espero que no tendrá usted inconveniente en ello.

—Eso es cosa de Miss Fortescue exclusivamente. Su compromiso data de algún tiempo atrás, unos seis o siete meses, ¿verdad?

—Exacto.

—Usted y Miss Fortescue se prometieron. Mr. Fortescue rehusó dar su consentimiento a la boda, y le comunicó que si su hija se casaba contra su voluntad, no le dejaría ni un céntimo. Luego, según tengo entendido, usted rompió el compromiso y se marchó.

Gerald sonrió.

—Es un modo muy crudo de exponer las cosas, inspector Neele. La verdad es que me rechazaron por causa de mis convicciones políticas. Rex Fortescue era un capitalista de la peor calaña. Naturalmente, no iba a sacrificar por dinero mis ideales políticos y mis convicciones.

—Pero no tiene inconveniente en casarse con una mujer que acaba de heredar cincuenta mil libras.

Gerald esbozó una leve sonrisa de satisfacción.

—En absoluto, inspector Neele. Ese dinero podré emplearlo en beneficio de la comunidad. Pero me figuro que no habrá venido aquí para discutir mi posición económica o mis ideas políticas.

—No, Mr. Wright. Quería hablarle de algo muy sencillo. Como usted ya sabe, Mrs. Adele Fortescue murió la tarde del cinco de noviembre envenenada con cianuro potásico y, puesto que aquella tarde usted se encontraba en las cercanías de Yewtree Lodge, creo que es posible que hubiera visto u oído algo que nos ayudara a aclarar el caso.

—¿Y qué le induce a creer que yo estuve en las cercanías de Yewtree Lodge aquella tarde?

—Usted salió del hotel a las cuatro y cuarto, Mr. Wright, y anduvo por la carretera en dirección a Yewtree Lodge. Es natural suponer que iba allí.

—Lo pensé, pero luego me di cuenta de que no tenía motivo para ir. Ya había quedado citado con Miss Fortescue, con Elaine, a las seis en el hotel. Fui a dar un paseo por un camino que parte de la carretera principal y regresé al hotel antes de las seis. Elaine no acudió a la cita. Lo cual es normal, dadas las circunstancias.

—¿Vio a alguien durante su paseo, Mr. Wright?

—Me crucé con unos pocos coches, pero no vi a nadie conocido, si es eso lo que le interesa saber. La pista es un camino de carro, demasiado enfangada para que circulen coches.

—De modo que desde las cuatro y cuarto, hora en que usted salió del hotel, hasta las seis, en que regresó, solo tengo su palabra para saber dónde estuvo.

Gerald Wright continuó sonriendo con aire de superioridad.

—Muy molesto para los dos, inspector, pero así es.

—Entonces, si alguien dijera que se asomó a una ventana y lo vio en el jardín de Yewtree Lodge a eso de las cuatro y treinta y cinco... —Hizo una pausa, dejando la frase incompleta.

—A esa hora apenas se ve —afirmó Gerald enarcando las cejas—. Creo que le sería muy difícil poder asegurarlo.

—¿Conoce usted a Mr. Vivian Dubois, que también se hospeda en este hotel?

—¿Dubois? ¿Dubois? No, creo que no. ¿Es ese joven moreno que usa zapatos de ante?

—Sí. También salió a dar un paseo aquella tarde y también abandonó el hotel y pasó por Yewtree Lodge. ¿Por casualidad no se lo cruzó en la carretera?

—No. No puedo decir que lo haya visto.

Gerald Wright, por primera vez, pareció algo preocupado.

—La verdad, no era una tarde muy apropiada para paseos —comentó el inspector pensativo—, sobre todo, después de oscurecer y por un camino convertido en un barrizal. Es curioso lo animados que estaban todos.

El inspector Neele regresó a Yewtree Lodge, donde fue recibido por el sargento Hay con aire muy satisfecho.

—He averiguado lo de los mirlos, señor. Estaban en un pastel. Un pastel frío que dejaron para la cena del domingo. Alguien fue a buscarlo a la despensa o donde fuera, le quitó la corteza y luego sacó el relleno, carne picada y jamón, ¿y qué diría usted que puso dentro? Unos mirlos hediondos que cogieron del cobertizo del jardinero. Una broma bastante desagradable, ¿no cree?

—¿No era un plato delicioso, para el rey desayunar? —recitó el inspector Neele.

Dejó al sargento Hay de una pieza.

Capítulo 18

—Aguarda un momento —dijo Mrs. Ramsbottom—. Este solitario me va a salir.

Trasladó un rey seguido de su acompañamiento a un espacio libre. Puso un siete rojo sobre un ocho negro, agregó el cuatro, cinco y seis de trébol en la pila correspondiente, hizo algunas otras rápidas modificaciones y al fin se echó hacia atrás con un suspiro de satisfacción.

—Es el solitario del doble joker. No suele salir con facilidad.

Tras contemplarlo con orgullo, miró a la joven que se hallaba de pie junto a la chimenea.

—¿De modo que tú eres la esposa de Lance?

Pat, que había recibido el recado de acudir a las habitaciones de Miss Ramsbottom, asintió.

—Sí.

—Eres alta —dijo la anciana— y pareces sana.

—Tengo muy buena salud.

—La mujer de Percival está muy fofa —opinó Miss Ramsbottom—. Come demasiados dulces y no hace suficiente ejercicio. Bueno, siéntate, pequeña, siéntate. ¿Dónde conociste a mi sobrino?

—Lo conocí en Kenia, cuando estaba pasando allí una temporada con unos amigos.

—Tengo entendido que ya estuviste casada antes.

—Sí, dos veces.

Miss Ramsbottom hizo un gesto de asombro.

—Divorcio, supongo.

—No —explicó Pat, y su voz tembló un poco—. Murieron los dos. Mi primer marido era piloto de caza. Lo mataron durante la guerra.

—¿Y el segundo? Deja que piense..., alguien me lo contó. Se pegó un tiro, ¿no es cierto?

Pat asintió en silencio.

—¿Por tu culpa?

—No —replicó Pat—. No fue culpa mía.

—Aficionado a las carreras de caballos, ¿verdad?

—Sí.

—Nunca en mi vida he ido en las carreras —afirmó Miss Ramsbottom—. Las apuestas y los juegos de cartas son vicios demoníacos.

Pat no chistó.

—Yo no me metería ni en broma en un teatro o en un cine —prosiguió Miss Ramsbottom—. ¡Ah, vivimos en un mundo perverso! Se cometían muchas iniquidades en esta casa, pero Dios los ha castigado.

Pat seguía sin saber qué decir. Se preguntaba si la tía de Lance no estaría algo perturbada. Sin embargo, le desconcertaba su mirada astuta.

—¿Qué es lo que sabes de tu nueva familia? —le preguntó la anciana.

—Supongo que lo que se sabe siempre en estos casos.

—¡Hum! Tienes razón, en parte. Voy a contarte algo. Mi hermana era una tonta; mi cuñado, un bribón. Percival es rastrero y solapado, y tu Lance fue siempre la oveja negra de la familia.

—Creo que eso es una tontería —replicó Pat con firmeza.

—Puede que tengas razón —reconoció inesperadamente la anciana—. No se puede ir colgando etiquetas a todo el mundo. Pero no subestimes a Percival. Existe la tendencia a creer que los que ostentan la etiqueta de «buenos» son también estúpidos. Percival no tiene ni una pizca de estúpido. Es muy listo, pero lo disimula con su mojigatería. Nunca me ha gustado. Y déjame que te diga algo más: aunque no confío en Lance, ni tampoco apruebo su proceder, no puedo evitar apreciarlo. Es muy temerario, siempre lo ha sido. Tendrás que vigilarlo para que no vaya demasiado lejos. Adviértele que no crea todo lo que Percival le diga. En esta casa son todos unos mentirosos. —Tía Effie concluyó satisfecha—: El fuego y el azufre serán su castigo.

El inspector Neele hablaba por teléfono con Scotland Yard.

El ayudante del comisionado le dijo desde el otro extremo del hilo:

—Podremos obtener esa información enviando una circular a los sanatorios particulares. Claro que es posible que esté muerta.

Es probable. Ha pasado mucho tiempo.

«Las viejas culpas dejan su huella», le había dicho Miss Ramsbottom con un tono significativo, como si quisiera indicarle una pista.

—Es una teoría fantástica —dijo el ayudante del comisionado.

—Dígamelo a mí, señor, pero no creo que podamos pasarla por alto. Demasiadas cosas concuerdan.

—Sí, sí, centeno..., mirlos..., el nombre de pila...

—También me estoy concentrando en las otras pistas —le señaló Neele—. Dubois es una posibilidad, Wright otra. Esa chica, Gladys, pudo haber visto a cualquiera de los dos cerca de la puerta lateral y dejar la bandeja en el recibidor para salir a ver quién era y qué estaba haciendo. Cualquiera de los dos pudo estrangularla y llevar el cuerpo hasta el tendedero y ponerle la pinza en la nariz.

—¡Qué cosa tan perversa! Y tan desagradable.

—Sí, señor. Eso es lo que preocupó a esa anciana, me refiero a Miss Marple. Una vieja muy agradable y lista. Se ha trasladado a la casa para estar cerca de Miss Ramsbottom, y no tengo la menor duda de que se enterará de todo lo que ocurre.

—¿Qué va a hacer ahora, Neele?

—Tengo una cita con los abogados de Londres. Quiero averiguar todo lo que pueda sobre los asuntos de Rex Fortescue. Y a pesar de que es una vieja historia, quisiera oír algo más sobre la mina del mirlo.

Mr. Billingsley, de Billingsley, Horsethorpe y Walters, era un hombre cortés, cuya discreción quedaba disimulada por una actitud acogedora. Era la segunda entrevista que mantenían y, en esta ocasión, la discreción de Billingsley fue menos notable que en la primera. La triple tragedia ocurrida en Yewtree Lodge había sacado al abogado de su reserva habitual, y se mostró dispuesto a exponer todos los hechos ante la policía.

—Es un asunto extraordinario, extraordinario. No recuerdo nada semejante en todos los años que llevo ejerciendo.

—Con franqueza, Mr. Billingsley, necesitamos toda la ayuda posible.

—Cuente conmigo, inspector. Los ayudaré muy gustoso en todo lo que pueda.

—Primero permítame que le pregunte si conocía bien al finado Fortescue, y si tiene conocimiento de los negocios de su firma.

—Lo conocía bastante bien. Es decir, lo traté durante unos... digamos... dieciséis años. Pero debo decirle que no éramos los únicos abogados que trabajaban para él, ni mucho menos.

El inspector asintió. Ya lo sabía. Billingsley, Horsethorpe y Walters eran lo que podría llamarse los abogados intachables de Rex Fortescue. Para sus trapicheos había recurrido a bufetes mucho menos escrupulosos.

—¿Qué más quiere saber? —continuó Billingsley—. Ya le he explicado las condiciones de su testamento. Percival Fortescue es el heredero universal.

—Ahora me interesa conocer el testamento de su viuda —dijo Neele—. Tengo entendido que, a la muerte de Mr. Fortescue, recibiría cien mil libras.

Billingsley asintió.

—Una considerable cantidad, y puedo decirle en confianza que difícilmente la empresa podrá pagarla, inspector.

—Entonces, ¿no va bien la empresa?

—Estrictamente entre nosotros, va a la deriva desde hace cosa de un año y medio.

—¿Por algún motivo especial?

—Yo diría que el motivo era el propio Rex Fortescue. Durante el último año Fortescue actuó como un loco. Vendió acciones de primera para especular en valores dudosos, y alardeaba de sus operaciones de la forma más extraordinaria. No quería escuchar consejos de nadie. Percival, su hijo, ya sabe, vino aquí rogándome que empleara mi influencia con su padre. Al parecer, él ya lo había intentado, pero el hombre no atendía a razones. Bueno, hice cuanto pude, pero sin éxito. La verdad, no parecía él mismo.

—Pero no era un hombre deprimido —señaló el inspector Neele.

—No, no. Muy al contrario. Fanfarrón extravagante.

El inspector asintió en silencio. La idea que se había forjado en su mente se iba fortaleciendo. Empezaba a comprender algunas de las causas que habían motivado las discusiones entre Percival y su padre.

—Es inútil que me pregunte por el testamento de su esposa —prosiguió Billingsley—. Yo no lo hice.

—No. Ya lo sé —contestó Neele—. Solo estoy comprobando lo que tenía para dejar. En resumen, unas cien mil libras.

Billingsley negaba con la cabeza con energía.

—No, no, mi querido señor. Se equivoca usted.

—¿Quiere decir que de esas cien mil libras no podía tocar el capital?

—No, no. Se las dejó y punto. Pero existía una cláusula en el testamento, una condición. Es decir, la esposa de Fortescue no heredaría esa suma a menos que lo sobreviviera un mes. Lo cual, puedo decir, es una cláusula bastante corriente hoy en día. Se hace debido a la poca seguridad de los viajes aéreos. Si dos personas mueren en un accidente de aviación, resulta difícil decir quién ha muerto primero, y surgen una serie de problemas de lo más curiosos.

El inspector Neele lo miraba con fijeza.

—Entonces, Adele Fortescue no tenía cien mil libras que dejar. ¿Qué pasa entonces con ese dinero?

—Vuelve a quedar en la firma. O mejor dicho, pasa a manos del heredero universal.

—Y ese heredero universal es Percival Fortescue.

—Exacto —afirmó Billingsley—, Percival Fortescue. Y en el estado en que se encontraban los asuntos de la firma —añadió olvidándose de la cautela—, ¡yo diría que le hacían mucha falta!

—Las cosas que los policías queréis saber... —protestó el doctor amigo de Neele.

—Vamos, Bob, suéltalo.

—Bueno, como por fortuna estamos los dos solos, no podrás citarme. Pero creo que tienes razón. Seguramente había perdido el juicio. La familia lo sospechaba y quería que lo viera un médico. Él no lo consintió. Los síntomas son como tú has dicho. Pérdida del juicio, megalomanía, ataques violentos de ira, irritación, delirios de grandeza, se creía un genio de las finanzas. Cualquiera en sus condiciones hubiera llevado a la ruina un negocio solvente, a menos que alguien lo contuviera, y eso no era cosa fácil, sobre todo cuando el afectado sabe que se lo intenta vigilar. Sí, yo diría que tus amigos han tenido mucha suerte de que muriera.

—No son amigos míos —replicó Neele, y repitió lo que había dicho en otra ocasión—: Son gente muy desagradable.

Capítulo 19

En Yewtree Lodge, la familia Fortescue en pleno estaba reunida en la biblioteca. Percival Fortescue, apoyado contra la repisa de la chimenea, se dirigía a todos los presentes.

—Todo está muy bien, pero la situación es insostenible. La policía entra y sale y no nos cuenta nada. Se supone que tienen alguna pista. Entretanto, todo está en un punto muerto. Nadie puede hacer planes, ni disponer las cosas para el porvenir.

—¡Son tan poco considerados! —opinó Jennifer—. ¡Y tan estúpidos!

—Siguen sin dejarnos salir de casa —continuó Percival—. No obstante, creo que entre nosotros podríamos discutir los proyectos para el futuro. ¿Qué vas a hacer tú, Elaine? Supongo que vas a casarte con... ¿cuál es su nombre? ¿Gerald Wright? ¿Tienes idea de la fecha?

—Lo más pronto posible —replicó su hermana.

Percival frunció el entrecejo.

—¿Quieres decir dentro de unos seis meses?

—No. ¿Por qué deberíamos esperar seis meses?

—Creo que sería lo más correcto —dijo Percival.

—¡Bobadas! —exclamó Elaine—. Un mes es lo máximo que esperaremos.

—Eres tú quien debe decidir. ¿Y cuáles son tus planes una vez casada, si es que los tienes?

—Pensamos montar una escuela.

Percival negó con la cabeza.

—Es muy arriesgado en estos tiempos, con la falta de servicio doméstico y la dificultad de encontrar profesores adecuados. La verdad, Elaine, me parece muy bien, pero yo de ti lo pensaría dos veces.

—Ya lo hemos pensado. Gerald opina que todo el futuro depende de que la juventud reciba la educación adecuada.

—Pasado mañana iré a ver a Mr. Billingsley —manifestó Percival—. Tenemos que tratar varios asuntos económicos. Él propone que quizá te gustaría invertir el dinero que te dejó papá en una renta vitalicia para ti y tus hijos. Hoy en día es una inversión sensata.

—No quiero hacer eso —contestó Elaine—. Necesitaremos el dinero para montar la escuela. Hay una casa muy adecuada que está en venta. Está en Cornualles. Tiene unos alrededores muy bonitos y es un edificio en buen estado. Tendremos que añadirle varias alas.

—¿Quieres decir que vas a emplear todo tu dinero en ese negocio? La verdad, Elaine, no creo que sea sensato.

—Es mucho más sensato sacarlo de la firma que dejarlo, me parece. Tú mismo dijiste, Val, antes de que muriera papá, que los asuntos iban bastante mal.

—Siempre se dicen esas cosas —replicó Percival con vaguedad—, pero eso de sacar todo tu capital para enterrarlo en la compra, montaje y mantenimiento de una escuela es, a mi modo de ver, una locura, Elaine. Si después no funciona, ¿qué harás? Te quedarás sin un céntimo.

—Será un éxito —respondió Elaine, testaruda.

—Opino como tú —la animó Lance, repantigado en su butaca—. Tenéis que intentarlo, Elaine. Supongo que será un colegio muy extraño, pero es lo que queréis tú y Gerald. Si perdieras el dinero, siempre tendrías la satisfacción de haber hecho lo que te gustaba.

—¡Cómo no, Lance! No esperaba que dijeras otra cosa —protestó Percival con acritud.

—Lo sé, lo sé —replicó Lance—. Soy el hijo pródigo manirroto. Pero todavía sigo pensando que he disfrutado mucho más de la vida que tú, Percy, muchacho.

—Eso depende de lo que entiendas por disfrutar —repuso Percival con frialdad—. Cuéntanos tus planes, Lance. Supongo que regresarás a Kenia, o a Canadá, escalarás el Everest o harás algo increíble.

—¿Por qué piensas eso? —dijo Lance.

—Pues porque nunca te has mostrado inclinado a disfrutar de una vida hogareña en Inglaterra.

—Uno cambia cuando se hace mayor —contestó Lance—. Se sienta la cabeza. ¿Sabes, Percy?, tengo el proyecto de convertirme en un sobrio hombre de negocios.

—¿Quieres decir...?

—Quiero decir que voy a trabajar contigo en el negocio. —Lance sonrió—. ¡Oh, claro, tú eres el socio principal! Tú tienes la parte del león. Yo solo soy un socio menor. Pero tengo mi parte y ello me da derecho a intervenir, ¿no es así?

—Sí, claro, si lo miras por ese lado. Pero puedo asegurarte, querido hermanito, que vas a aburrirte mucho, muchísimo.

—¿Tú crees? No pienso hacerlo.

Percival frunció el entrecejo.

—¿Es que piensas en serio entrar en el negocio, Lance?

—¿Meter el dedo en el pastel? Sí, eso es lo que voy a hacer.

Percival negó con la cabeza.

—Las cosas están bastante mal ahora. Ya lo verás. Habrá que ver cómo le pagaremos a Elaine su parte, si insiste en cobrarla.

—¿Ves, Elaine? Has sido muy lista al reclamar tu dinero ahora que todavía hay —comentó Lance.

—La verdad, Lance —manifestó Percival furioso—, tus bromas son de muy mal gusto.

—Creo, Lance, que deberías tener más cuidado con lo que dices —intervino Jennifer.

Sentada cerca de la ventana, Pat los estudió uno por uno. Si esto era lo que había querido decir Lance cuando habló de poner contra las cuerdas a Percival, desde luego lo estaba haciendo muy bien. La impasibilidad de Percival se estaba viniendo abajo por momentos. Volvió a estallar rabioso.

—¿Hablas en serio, Lance?

—Y tan en serio.

—No funcionará. Te cansarás enseguida.

—¿Yo? ¡Qué va! Creo que un cambio me hará mucho bien. Un despacho en la ciudad, mecanógrafas que entran y salen. Tendré una secretaria rubia, como Miss Grosvenor... ¿Se llama Grosvenor? Supongo que la habrás despedido. Pero ya buscaré una como ella. «Sí, Mr. Lancelot. No, Mr. Lancelot. Su té, Mr. Lancelot.»

—¡Oh, no digas tonterías! —gritó Percival.

—¿Por qué estás tan enfadado, mi querido hermano? ¿No tienes ganas de compartir conmigo las preocupaciones del negocio?

—No tienes la menor idea del follón en el que está metida la firma.

—Es cierto. Tendrás que ponerme al corriente.

—Primero debes saber que durante los últimos seis meses papá no era el mismo de antes. Cometió verdaderas locuras. Vendió acciones de firmas sólidas para invertir el dinero en auténticos timos. Derrochó el dinero a manos llenas, se diría que solo por el placer de gastarlo.

—En resumen —dijo Lance—, que para la familia ha sido una suerte que en su té hubiera taxina.

—Esa es una fea manera de exponer las cosas, pero hay que reconocer que eso nos ha salvado de la bancarrota. Ahora tendremos que ser muy conservadores y obrar con extrema cautela.

Lance negó con la cabeza.

—No estoy de acuerdo contigo. Las precauciones nunca

conducen a nada. Hay que correr algunos riesgos. Ir en busca de algo grande.

—Opino lo contrario —replicó Percy—. Prudencia y economía. Esta es nuestra consigna.

—Pero no la mía —indicó Lance.

—Recuerda que tú eres el socio menor —contestó Percival.

—Está bien, está bien, pero tengo perfecto derecho a opinar.

Percival se paseó arriba y abajo de la habitación, muy agitado.

—No funcionará, Lance. Yo te aprecio y todo eso...

—¿De veras? —lo interrumpió Lance, pero Percival no le hizo caso.

—... pero la verdad, no creo que podamos ayudarnos mutuamente. Nuestros puntos de vista son del todo opuestos.

—Eso puede ser una ventaja —observó Lance.

—Lo único sensato —opinó Percival— es disolver la sociedad.

—Quieres comprarme mi parte para que me marche, ¿es esa tu idea?

—Muchacho, es lo único sensato, puesto que nuestras ideas son tan diferentes.

—Si tienes dificultades para pagarle a Elaine, ¿cómo te las vas a arreglar para darme mi parte?

—No me refería a liquidarla en efectivo —dijo Percival—. Podríamos repartirnos los valores.

—Quedándote tú con la mejor parte y dándome a mí las especulativas.

—Eso parece ser lo que tú prefieres.

Lance sonrió de pronto.

—En cierto modo tienes razón, Percy. Pero ahora no puedo hacer lo que quiera. Tengo que pensar en Pat.

Los dos hombres miraron a la joven. Pat abrió la boca y la volvió a cerrar sin decir nada. Fuera cual fuese el juego que Lance se traía entre manos, era mejor no intervenir. Estaba segura de que su esposo perseguía un fin, aunque seguía sin tener claro cuál era.

—A ver, Percy, ¿cuál sería mi parte? —preguntó Lance, con una sonrisa—. ¿Minas de diamantes, falsos rubíes inaccesibles, tal vez? ¿Concesiones petrolíferas donde no hay petróleo? ¿De verdad crees que soy tan tonto como parezco?

—Claro que algunas de estas propiedades son altamente especulativas, pero recuerda que pueden llegar a tener un valor inmenso.

—Has cambiado de táctica, ¿verdad? —comentó Lance riendo—. Vas a ofrecerme las últimas adquisiciones especulativas de papá, y también la vieja mina del mirlo y otras por el estilo. A propósito, ¿te ha preguntado el inspector por la mina del mirlo?

Percival frunció el entrecejo.

—Sí. Aunque no entiendo por qué podría interesarle. No pude decirle mucho. Tú y yo éramos unos niños entonces. Solo recuerdo vagamente que papá fue allí y volvió diciendo que no valía nada.

—¿Era una mina de oro?

—Creo que sí. Papá volvió bastante seguro de que allí no había oro. Y permíteme que te diga que no era un hombre que fuera a equivocarse en eso.

—¿Quién le metió en aquel asunto? Un hombre llamado MacKenzie, ¿no?

—Sí. MacKenzie murió allí.

—MacKenzie murió allí —repitió Lance, pensativo—. ¿No hubo una escena terrible? Creo recordar que Mrs. MacKenzie..., ¿no era ella?, vino a ver a papá. Le gritó. Lo maldijo. Y lo acusó, si no recuerdo mal, de haber asesinado a su esposo.

—No me acuerdo de nada —dijo Percival en tono de reproche.

—Pues yo sí —replicó Lance—, a pesar de que era bastante más pequeño que tú. Quizá por eso me impresionó más. Me pareció una escena muy dramática. ¿Dónde estaba la mina del mirlo? En África Occidental, ¿no?

—Sí, creo que sí.

—Debo buscar la concesión un día de estos —comentó Lance—, cuando vaya por la oficina.

—Puedes estar bien seguro de que papá no se equivocó. Si él volvió diciendo que no había oro, es que no lo había.

—Es probable que en eso tengas razón —le contestó Lance—. Pobre Mrs. MacKenzie. Me pregunto qué habrá sido de ella y de esos dos pequeños que trajo consigo. Ahora ya deben de ser mayores.

Capítulo 20

El inspector Neele estaba en la sala de visitas del Pinewood Private Sanatorium, sentado ante una anciana de cabellos grises. Helen MacKenzie tenía sesenta y tres años, a pesar de que no los aparentaba. Sus ojos eran azules y de mirada ausente, y la barbilla desdibujada y débil. De vez en cuando un tic le fruncía el labio superior. Sobre el regazo reposaba un gran libro que no dejaba de mirar mientras el inspector Neele le hablaba.

Neele recordaba la conversación mantenida con el doctor Crosbie, director del establecimiento. «Es una paciente voluntaria —le había dicho el médico—. No una demente.» «Entonces ¿no es peligrosa?» «¡Oh, no! La mayor parte del tiempo está tan cuerda como usted o como yo. Y ahora está pasando una buena temporada, así que podrá usted sostener una conversación normal con ella.»

Con esto en mente, el inspector Neele comenzó la conversación.

—Ha sido muy amable al recibirme, señora. Mi nombre es Neele. He venido a verla a causa de Rex Fortescue, que ha fallecido hace poco. Supongo que recuerda a ese nombre.

Los ojos de Mrs. MacKenzie seguían fijos en el libro.

—No sé de qué me está hablando.

—De Mr. Fortescue, señora. Rex Fortescue.

—No. No. Desde luego que no.

El inspector Neele se quedó algo desconcertado. Se preguntaba si era aquello lo que el doctor Crosbie consideraba un estado normal.

—Creo, Mrs. MacKenzie, que usted lo conoció hace muchos años.

—Pues no, la verdad. Fue ayer.

—Ya —dijo el inspector sin saber qué pensar—. Creo que fue a visitarlo hace muchos años a su residencia de Yewtree Lodge.

—Una casa muy ostentosa —comentó Mrs. MacKenzie.

—Sí, sí, tiene razón. Tengo entendido que estuvo asociado con su esposo para explotar una mina en África. La mina del mirlo, creo que se llamaba.

—Tengo que leer mi libro. No hay mucho tiempo y tengo que leer mi libro.

—Sí, señora, sí, lo comprendo muy bien. Mr. MacKenzie y Mr. Fortescue fueron juntos a África para inspeccionar la mina.

—Esa mina era de mi esposo —sostuvo la anciana—. Él la encontró y pidió la concesión. Quería dinero para poder explotarla. Y fue a ver a Rex Fortescue. Si yo hubiera estado al corriente, si hubiese sabido más, no se lo habría dejado hacer.

—No, ya comprendo. Y entonces fue cuando se marcharon juntos a África y allí murió su esposo, víctima de la fiebre.

—Tengo que leer mi libro.

—¿Usted cree que Mr. Fortescue estafó a su esposo, Mrs. MacKenzie?

Sin alzar los ojos del libro, la anciana soltó:

—¡Qué estúpido es usted!

—Sí, sí, no se lo niego. Pero ha pasado mucho tiempo y resulta difícil hacer averiguaciones sobre una cosa que terminó tantos años atrás.

—¿Dice usted que ha terminado?

—¿No cree que haya terminado?

—Ningún asunto se da por zanjado hasta que termina bien. Kipling lo dijo. Nadie lee a Kipling hoy en día, pero fue un gran hombre.

—¿Usted cree que este asunto terminará bien uno de estos días?

—Rex Fortescue ha muerto, ¿no es cierto? Usted lo ha dicho.

—Fue envenenado.

De un modo algo desconcertante, Mrs. MacKenzie se echó a reír.

—¡Qué tontería! Murió de fiebre.

—Estoy hablando de Rex Fortescue.

—Y yo también. —La mirada azul se clavó de repente en los ojos del inspector—. Venga —continuó—, murió en su cama, ¿no es cierto? ¿Murió en su cama?

—Murió en el hospital St. Jude.

—Nadie sabe dónde murió mi esposo —afirmó Mrs. MacKenzie—. Nadie sabe dónde murió ni dónde lo enterraron. Lo único que se sabe es lo que dijo Rex Fortescue. ¡Y Rex Fortescue era un mentiroso!

—¿Cree usted que hubo algo turbio?

—Algo turbio, algo turbio. Las gallinas ponen huevos, ¿no?

—¿Usted cree que Rex Fortescue fue responsable de la muerte de su esposo?

—Esta mañana he tomado un huevo para desayunar —comentó la anciana—. Muy fresco. ¡Es sorprendente cuando uno piensa que han pasado cerca de treinta años!

Neele aspiró con fuerza. A este paso no iba a llegar a ninguna parte, pero perseveró.

—Alguien puso unos mirlos muertos sobre el escritorio de Rex Fortescue un mes o dos antes de su muerte.

—Eso es interesante, muy muy interesante.

—¿Tiene alguna idea de quién pudo hacerlo, señora?

—Las ideas no ayudan a nadie. Hay que actuar. Yo los eduqué para eso, ¿sabe? Para actuar.

—¿Se refiere a sus hijos?

Ella asintió vigorosamente.

—Sí. Donald y Ruby. Tenían nueve y siete años cuando se quedaron huérfanos. Se lo dije. Se lo repetía cada día. Les hacía jurar cada noche.

El inspector Neele se inclinó hacia delante.

—¿Qué les hacía jurar?

—Que lo matarían, por supuesto.

—Entiendo.

El inspector preguntó, como si fuera lo más lógico del mundo:

—¿Y lo hicieron?

—Donald fue a Dunquerque. No regresó. Me enviaron un telegrama diciendo que había muerto. «Sentimos comunicarle que ha muerto en acción.» En acción, ya ve usted, una acción equivocada.

—Lo siento, señora. ¿Y su hija?

—No tengo ninguna hija —replicó Mrs. MacKenzie.

—Acaba de hablarme de ella ahora mismo. Su hija Ruby.

—Ruby. Sí, Ruby. —Se inclinó hacia delante—. ¿Sabe lo que le he hecho a Ruby?

—No, señora. ¿Qué le ha hecho?

—Mire aquí, en el libro —musitó de pronto.

Entonces vio que el libro era una Biblia. Era muy antigua y, al abrirla por la primera página, Neele vio varios nombres escritos en ella. Era a todas luces una Biblia familiar, en la que se había seguido la antigua costumbre de inscribir a cada recién nacido. Mrs. MacKenzie señaló los dos últimos nombres: «Donald MacKenzie», con la fecha de su nacimiento, y «Ruby MacKenzie», con la del suyo. Pero este nombre estaba tachado con una gruesa línea.

—¿Lo ve? La borré del libro. ¡La borré para siempre! El Ángel no podrá encontrar aquí su nombre.

—¿Borró su nombre del libro? ¿Por qué, señora?

Mrs. MacKenzie lo miró con astucia.

—Usted sabe por qué.

—¡Pero si no lo sé! De veras que no lo sé.

—No tenía fe. Usted sabe que perdió la fe.

—¿Dónde está su hija ahora, señora?

—Ya se lo he dicho. No tengo hija. Ya no existe Ruby MacKenzie.

—¿Quiere decir que ha muerto?

—¿Muerto? —La mujer se echó a reír—. Sería mucho mejor para ella haber muerto. Mucho mejor. Mucho, muchísimo mejor. —Suspiró, removiéndose inquieta en su silla. Luego, recobrando sus modales corteses, agregó—: Lo siento mucho, pero me temo que no voy a poder seguir hablando con usted. Se está agotando el tiempo y debo leer mi libro.

Mrs. MacKenzie ya no contestó a las preguntas de Neele. Se limitó a hacer un ligero gesto de desagrado y continuó leyendo la Biblia, resiguiendo cada línea con el dedo índice.

El inspector Neele dejó a Mrs. MacKenzie y mantuvo otra breve entrevista con el director.

—¿La visita algún pariente? —quiso saber—. ¿Una hija, por ejemplo?

—Creo que en tiempos de mi predecesor vino a verla una hija suya, pero la visita la alteró tanto que le aconsejó que no volviera. Desde entonces siempre hemos tratado con abogados.

—¿Y no tiene idea de dónde puede encontrarse Ruby MacKenzie ahora?

—No.

—¿No sabe si se ha casado?

—No sé nada. Todo lo que puedo hacer es darle la dirección de los abogados que están en contacto con nosotros.

El inspector Neele ya había tratado con ellos. Y no habían sido capaces, o por lo menos eso dijeron, de facilitarle ninguna información. Administraban una renta vitalicia para Mrs. MacKenzie. Estos arreglos se habían hecho años atrás y, desde entonces, no habían vuelto a ver a Miss MacKenzie.

El inspector procuró obtener la descripción de Ruby MacKenzie, pero los resultados no fueron muy alentadores. Iba tanta gente a visitar a los pacientes que al final les era imposible recordar a una persona sin confundirla con otra. La matrona, que llevaba varios años en el sanatorio, creía recordar que Ruby MacKenzie era menuda y morena. La otra enfermera que estaba allí por aquella época decía, en cambio, que era rubia y muy corpulenta.

—De modo que ahí tiene usted —le dijo Neele al informar al ayudante del comisionado—. Esto es una locura y todo concuerda. Tiene que significar algo.

El ayudante del comisionado asintió pensativo:

—Los mirlos del pastel encajan con la mina del mirlo, el centeno en el bolsillo del muerto, pan y miel con el té de Adele Fortescue. Claro que eso no es concluyente. Al fin y al cabo, cualquiera puede tomar pan y miel con el té. El tercer crimen, esa chica estrangulada y con una pinza de tender prendida en la nariz. Sí, una locura, pero desde luego no hay que pasarla por alto.

—Aguarde un minuto, señor —dijo el inspector Neele.

—¿Qué ocurre?

Neele tenía el entrecejo fruncido.

—¿Sabe? Lo que acaba de decir no suena bien. Hay algo que no está bien. —Negó con la cabeza—. No. Hay algo que no concuerda.

Capítulo 21

Lance y Pat paseaban por el cuidado jardín que rodeaba Yewtree Lodge.

—Espero no herir tus sentimientos, Lance —comentó Pat—, si te digo que este es el jardín más horrible que he visto jamás.

—No, no me enfado —replicó Lance—. ¿Lo es? La verdad es que no lo sé. Hay tres jardineros trabajando continuamente.

—Quizá sea ese el error —dijo Pat—. No se repara en gastos, pero carece de personalidad. Los rododendros en el sitio apropiado, las flores adecuadas a cada estación. Todo es demasiado perfecto.

—¿Y qué plantarías tú en un jardín inglés, Pat, si lo tuvieras?

—En mi jardín cultivaría malvas, espuelas de caballero y campanillas, y no habría parterres ni esos horribles tejos.

Dirigió una mirada de disgusto a los oscuros setos.

—Asociación de ideas —opinó Lance.

—Me resulta espeluznante pensar en alguien que va envenenando a la gente —dijo la joven—. Debe de estar sediento de venganza.

—¿Es así como lo ves tú? ¡Es curioso! Yo me lo imagino como una persona práctica y con mucha sangre fría.

—Supongo que también puede ser así. De todos modos, cometer tres crímenes... —Se estremeció—. Tiene que estar loco.

—Sí —contestó Lance en voz baja—. Eso me temo. —Y luego exclamó—: Por amor de Dios, Pat, vete lejos de aquí. Regresa a Londres. Vete a Devonshire, a los lagos, a Stratford-on-Avon o a contemplar los Norfolk Broads. La policía no pondrá inconveniente. Tú no tienes nada que ver con todo esto. Estabas en París cuando asesinaron al viejo y en Londres cuando murieron las dos mujeres. Me da miedo que te quedes aquí.

Pat hizo una breve pausa antes de preguntar con voz queda:

—Tú sabes quién es, ¿verdad?

—No, no lo sé.

—Pero, crees que lo sabes. Por eso temes por mí. Me gustaría que me lo dijeses.

—No puedo decírtelo. No sé nada. Pero quisiera verte lejos de aquí.

—No voy a marcharme, querido. Me quedo para bien o para mal. Es mi deber. —Y agregó con un súbito estremecimiento—: Solo que conmigo siempre sucede lo peor.

—¿Qué quieres decir, Pat?

—Que traigo mala suerte. Eso es lo que quiero decir. Traigo mala suerte a todos los que están cerca de mí.

—Mi querida y adorable tontuela. A mí no me has traído mala suerte. Fíjate, después de casarme contigo, el viejo me pidió que volviera a casa e hiciéramos las paces.

—Sí, ¿y qué sucedió al regresar a tu casa? Ya te lo he dicho, traigo mala suerte.

—Escucha, cariño, estás equivocada. Es simple y pura superstición.

—No puedo evitarlo. Algunas personas traen mala fortuna. Yo soy una de ellas.

Lance la sujetó por los hombros y la sacudió con violencia.

—Tú eres mi Pat, y estar casado contigo es la mayor suerte del mundo. De modo que métete esto en tu estúpida cabecita. —Luego, más calmado, dijo con voz grave—: Pero, en serio, Pat, ten cuidado. Si hay algún perturbado que anda suelto por aquí, no quiero que seas tú quien pare la bala o beba el brebaje.

—O beba el brebaje, como tú dices.

—Cuando yo no esté, no te separes de esa anciana. ¿Cómo se llama? Marple. ¿Por qué crees que tía Effie la invitó a quedarse aquí?

—Solo Dios sabe por qué hace las cosas tía Effie. Lance, ¿cuánto tiempo vamos a quedarnos nosotros?

Lance se encogió de hombros.

—Es difícil precisarlo.

—No creo que seamos bienvenidos. Supongo que ahora la casa pertenece a tu hermano. Y él no quiere que nos quedemos, ¿no es así?

Lance se echó a reír.

—No, pero de momento tendrá que aguantarse.

—¿Y después? ¿Qué vamos a hacer, Lance? ¿Regresaremos a África o qué?

—¿Es eso lo que te gustaría, Pat?

Ella asintió con energía.

—Es una suerte —respondió Lance—, porque a mí también. No me gusta mucho este país.

El rostro de Pat se iluminó.

—¡Qué bien! Después de lo que dijiste el otro día, tuve miedo de que pensaras quedarte.

Un brillo maléfico apareció en los ojos de Lance.

—Tendrás que guardar en secreto nuestros planes, Pat. Me apetece apretarle un poco más las tuercas a mi hermano.

—¡Oh, Lance, ten cuidado!

—Lo tendré, cariño. Pero no veo por qué el viejo Percy tiene que salirse siempre con la suya.

Miss Marple, sentada en la gran sala, escuchaba con atención a la esposa de Percival Fortescue con la cabeza ligeramente ladeada, como una amable cacatúa. Miss Marple desentonaba en aquella estancia. Su figura enjuta desaparecía entre el brocado del sofá y los numerosos almohadones que la rodeaban. La anciana se sentaba muy erguida, porque de niña le enseñaron a estar con la espalda recta y a no encorvarse. En un gran butacón junto a ella y vestida de negro se hallaba la esposa de Mr. Percival, charlando por los descosidos.

«Justo igual que la pobre Mrs. Emmett, la esposa del banquero», pensó Miss Marple.

Recordaba cierta ocasión en que Mrs. Emmett fue a visitarla para hablarle de una tómbola y, una vez arreglado aquel asunto, comenzó a charlar y charlar. Mrs. Emmett ocupaba una posición difícil en St. Mary Mead. No pertenecía a la vieja guardia de señoras que vivían en las casas de alrededor de la iglesia, y que conocían al detalle todas las ramificaciones de las rancias familias del condado. Mr. Emmett, el director del banco, se había casado con una mujer por debajo de su posición social, y el resultado fue que su esposa se encontró sola porque no podía alternar con las esposas de su misma clase. El esnobismo había levantado su orgullosa cabeza y condenado a Mrs. Emmett a un aislamiento permanente.

La necesidad de hablar fue haciéndose cada día mayor para ella y, en aquella ocasión, rompió los diques de contención y fue Miss Marple quien recibió el torrente. Aquel día se compadeció de Mrs. Emmett, y ahora se compadecía de la esposa de Mr. Percival Fortescue.

La esposa de Mr. Percival había tenido que soportar muchas penas, y el poder descargarlas en una persona casi desconocida le producía un enorme alivio.

—Por supuesto, a mí no me gusta quejarme —afirmó Mrs. Fortescue—. No soy de esa clase de personas. Siempre he dicho que hay que saber llevar con dignidad la carga que corresponde a cada una. Y en ese sentido, estoy segura de no haber sido ningún agobio para nadie. La verdad es que resulta difícil decidir a quién confiarse. Pero en cierta manera, se siente una muy sola aquí, muy sola. Claro que nos resulta muy conveniente, y representa un gran ahorro vivir en esta casa, pero desde luego no es como estar en tu propio hogar. Estoy completamente segura de que usted opina lo mismo.

Miss Marple asintió.

—Por suerte, nuestra nueva casa está casi dispuesta para que nos traslademos. Solo falta que los pintores y decoradores acaben. ¡Son tan lentos! Claro que mi esposo está muy satisfecho viviendo aquí, pero para un hombre es distinto. ¿No le parece?

Miss Marple dijo que estaba de acuerdo. Lo podía decir sin el menor escrúpulo de conciencia, porque así lo creía. Los caballeros, según Miss Marple, pertenecían a una categoría por completo distinta de la de su sexo. Necesitaban dos huevos con beicon para desayunar, tres comidas sustanciosas al día y que nunca se les contradijera antes de cenar.

—Mi esposo se pasa el día en la ciudad. Cuando vuelve a casa está cansado y solo quiere sentarse a leer. Yo, en cambio, me paso todo el día sola y sin nadie con quien hablar. Estoy muy cómoda y la comida es excelente, pero lo que una necesita de verdad es tener un círculo social agradable. La gente de estos alrededores no es de mi clase. La mayoría son lo que yo llamo una pandilla de presuntuosos jugadores de bridge, pero con ellos no puedes jugar al bridge. A mí me gusta el bridge tanto como a cualquiera, pero por aquí la gente es muy rica. Juegan grandes cantidades y beben muchísimo. En resumen, la clase de vida que yo llamo «sociedad parásita». Luego hay un grupo de viejas a quienes les encanta trastear en el jardín.

Miss Marple se sintió algo culpable porque era una gran aficionada a la jardinería.

—No me gusta hablar mal de los muertos —añadió Mrs. Fortescue—, pero no cabe la menor duda de que Mr. Fortescue, quiero decir, mi suegro, cometió una tontería en su segundo matrimonio. Mi... bueno, me niego a llamarla madrastra, tenía mi misma edad. La verdad es que estaba loca por los hombres. Completamente loca. ¡Y cómo gastaba el dinero! Mi suegro estaba loco por ella. No le importaban las facturas. Eso a Percy le irritaba muchísimo. Percy es siempre muy cuidadoso en los asuntos de dinero. Odia el despilfarro. Y luego, con lo raro y malhumorado que se volvió Mr. Fortescue, con esos ataques de ira que le daban, y gastando el dinero a manos llenas en inversiones sin sentido. Bueno, no fue nada agradable.

Miss Marple se atrevió a hacer un comentario.

—Eso también debía de preocupar a su esposo.

—Sí, ya lo creo. Durante este último año, Percy ha estado preocupadísimo. Y cambió mucho. Sus modales eran distintos, incluso conmigo. Algunas veces le hablaba y no me respondía. —Mrs. Fortescue suspiró antes de continuar—. Luego está Elaine, ya sabe, mi cuñada. Es una muchacha muy extraña. Muy aficionada a la vida al aire libre y esas cosas. No es que sea exactamente esquiva, pero no es nada simpática, ¿me entiende? Nunca quiere acompañarme a Londres de compras, o al cine, ni nada de eso. Ni siquiera le interesan los vestidos. Pero, claro —volvió a suspirar—, no es que me queje. Debe usted de pensar que no estoy bien de la cabeza, contándole mis cosas así, a usted, que no me conoce de nada, pero la verdad, con esta tensión y todos estos sobresaltos... Yo creo que lo peor son los sobresaltos. Estoy tan nerviosa que, la verdad, tenía que hablar con alguien. Y usted me recuerda mucho a una persona muy querida, Miss Trefusis James. Se fracturó el fémur cuando tenía setenta y cinco años. Tardó mucho en recuperarse y, como yo fui su enfermera, nos hicimos grandes amigas. Me regaló una capa de zorro cuando me marché, fue muy amable.

—La comprendo a la perfección.

Y era cierto. Resultaba evidente que su esposo estaba aburrido de ella y le prestaba muy poca atención, y la pobre mujer no había sabido hacer amistades entre el vecindario. Ir a Londres de compras o al cine y vivir en una casa lujosa no compensaban la falta de afecto que había entre ella y la familia de su esposo.

—Espero que no me juzgue mal por decirlo —dijo Miss Marple con voz amable—, pero, la verdad, creo que el finado Mr. Fortescue no debió de ser un hombre muy agradable.

—No lo era —afirmó Jennifer—. Con toda franqueza, y entre usted y yo, era detestable. No me extraña, la verdad, que lo quitaran de en medio.

—¿No tiene usted idea de quién...? —comenzó a decir Miss Marple, pero se detuvo—. ¡Dios mío! Tal vez no debiera preguntárselo. ¿No tiene siquiera una ligera idea de quién... quién... bueno, de quién pudo haber sido?

—¡Oh, yo creo que fue ese hombre horrible: Crump! Nunca me ha gustado. ¡Tiene unos modales...! No es que sea descortés, pero resulta grosero. Mejor dicho, impertinente.

—Sin embargo, debería tener un motivo, supongo.

—La verdad, no creo que esa clase de personas necesiten grandes motivos. Sospecho que Mr. Fortescue lo pilló en algo, y además en ocasiones bebe demasiado. Pero lo que de verdad pienso es que está algo perturbado. Como aquel lacayo o mayordomo que fue por la casa disparando a todo el mundo. Para ser sincera con usted, primero sospeché de Adele, pero ahora, claro, no podemos sospechar de ella, porque también la envenenaron. Quizá acusó a Crump. Él perdió la cabeza y le puso algo en los bocadillos.

Gladys lo vería y por eso la mató. Creo que es muy peligroso tenerlo en casa. Ojalá pudiera marcharme, pero me imagino que estos horribles policías no me dejarían. —Se inclinó hacia delante impulsivamente y puso una de sus manos regordetas sobre el brazo de Miss Marple—. Algunas veces siento que debo marcharme, si esto no termina pronto yo... yo... me escaparé.

Se echó hacia atrás estudiando el rostro de Miss Marple.

—Pero quizá no sería prudente —agregó.

—No, no creo que lo fuese. La policía no tardaría en encontrarla.

—¿Usted cree? ¿De veras? ¿Le parece que son lo bastante listos para eso?

—Es absurdo subestimar a la policía. El inspector Neele me parece un hombre muy inteligente.

—¡Oh! A mí me parece bastante estúpido.

Miss Marple negó con la cabeza.

—No puedo dejar de pensar... —Jennifer Fortescue vacilaba—... que es peligroso permanecer aquí.

—¿Peligroso para usted, quiere decir?

—Bueno... sí.

—¿Por algo que usted sabe?

Mrs. Fortescue pareció tomar aliento.

—No, no sé nada. ¿Qué iba yo a saber? Es solo que estoy nerviosa. ¡Ese Crump!

Pero, en opinión de Miss Marple, no era en Crump en quien pensaba mientras se retorcía las manos. Por alguna oculta razón, Jennifer estaba asustada de verdad.

Capítulo 22

Oscurecía. Miss Marple se había acercado a la ventana de la biblioteca con su labor de punto. Al mirar a través de los cristales, vio a Pat Fortescue paseando de un lado a otro de la terraza. Miss Marple abrió la ventana para llamarla.

—Entre, querida, entre. Hace mucho frío y hay mucha humedad para estar ahí fuera sin abrigo.

Pat obedeció. Cerró la ventana y encendió las luces.

—Sí, hace una tarde horrible. —Tomó asiento en el sofá junto a Miss Marple—. ¿Qué está usted tejiendo?

—¡Oh, solo una chaquetita, querida! Para un bebé, ¿sabe? Siempre he dicho que nunca se tienen bastantes chaquetitas para un bebé. Esta es de la talla dos. Siempre las hago de esta medida. Los bebés pasan tan deprisa de la primera talla.

Pat estiró sus largas piernas ante el fuego.

—Hoy se está bien aquí. Con la chimenea encendida, las luces y usted tejiendo prendas de bebé, todo resulta cómodo y hogareño, y muy inglés, como debe ser.

—Inglaterra es así —replicó Miss Marple—. No hay muchos Yewtree Lodge, querida.

—Mejor que así sea —continuó Pat—. No creo que esta haya sido nunca una casa feliz, ni que nadie haya sido dichoso en ella a pesar de todo el dinero que gastan y las cosas que tienen.

—No —convino Miss Marple—. Yo tampoco diría que ha sido un hogar feliz.

—Supongo que Adele lo era —opinó la muchacha—. Claro que no la conocí, de modo que no puedo saberlo, pero Jennifer es bastante desgraciada, y Elaine está enamorada de un hombre que en lo más profundo de su alma sabe que no la quiere. ¡Oh, cómo deseo marcharme de aquí! —Miró a Miss Marple y sonrió—. ¿Sabe?, Lance me ha dicho que me pegue a usted como una lapa. Le parece que así estaré más segura.

—Su esposo no es tonto —replicó la anciana.

—No. Lance no es tonto. Por lo menos en algunos aspectos. Pero ojalá me dijera qué es lo que teme. Hay una cosa muy clara. En esta casa hay un loco, y la locura es peligrosa, porque no se sabe nunca lo que puede maquinar la mente de un perturbado ni lo que puede hacer.

—Mi pobre pequeña —dijo Miss Marple.

—¡Oh! Estoy muy bien. Ya tendría que estar curada de espantos.

—Ha tenido muy mala suerte, ¿no es cierto, querida?

—¡Oh! También he tenido buenas temporadas. Tuve una infancia feliz en Irlanda. Montaba a caballo, cazaba y vivía en una casa enorme, mal amueblada, ventosa y con muchísimo sol. Cuando se ha tenido una niñez feliz nadie puede arrebatártela, ¿no le parece? Fue después, cuando crecí, que las cosas empezaron a ir siempre mal. Para empezar, la guerra.

—Su esposo era piloto de combate, ¿verdad?

—Sí. Solo llevábamos un mes casados cuando mataron a Don. —Miró fijamente al fuego—. Al principio deseé haber muerto con él. Me parecía injusto y cruel. Sin embargo, al final comencé a comprender que casi era mejor así. Don era maravilloso como militar. Valiente, intrépido y alegre. Poseía todas las cualidades necesarias para la guerra. Pero creo que no hubiera sido feliz en tiempos de paz. Tenía una especie de..., ¿cómo diría yo?, arrogancia, rebeldía. No se habría amoldado a un trabajo fijo. Habría luchado contra todo. En cierto modo era antisocial. No, no habría sido feliz.

—Es usted muy inteligente, querida. —Miss Marple continuó tejiendo mientras contaba por lo bajo—: Tres al derecho, dos al revés, perder uno, coger dos. —Y en voz alta continuó—: ¿Y su segundo esposo?

—¿Freddy? Freddy se suicidó.

—¡Oh, Dios mío! Qué triste, qué desgracia.

—Éramos muy felices. Al cabo de dos años de matrimonio empecé a darme cuenta de que Freddy no iba siempre..., bueno, por el camino honrado. Descubrí lo que estaba ocurriendo. Pero, entre nosotras, aquello parecía no tener importancia. Porque Freddy y yo nos amábamos. Intenté ignorar lo que pasaba. Supongo que eso fue una cobardía por mi parte, pero yo no iba a cambiarlo. No se puede cambiar a las personas.

—No —convino Miss Marple—, no se puede cambiar a las personas.

—Yo lo había aceptado tal como era, y lo amaba, y sentí que debía afrontarlo. Luego las cosas fueron mal, no supo hacerles frente y por eso se mató. Después de su muerte, fui a Kenia con unos amigos que tengo allí. No podía soportar quedarme en Inglaterra y encontrarme con todos los antiguos amigos que sabían lo ocurrido. Y allí conocí a Lance. —Su rostro se dulcificó. Continuó mirando las llamas, de modo que Miss Marple pudo observarla. De pronto, volviendo la cabeza, dijo—: Dígame, Miss Marple, ¿qué piensa realmente de Percival?

—Lo he visto muy poco. Solo a la hora del desayuno. Eso es todo. No creo que le agrade mucho mi presencia.

Pat se echó a reír sin más.

—Es mezquino, ¿sabe? Terriblemente tacaño. Lance dice que siempre lo ha sido. Jennifer también se lamenta de eso. Repasa las cuentas con Miss Dove. Siempre se queja de todo. Pero Miss Dove se las arregla para salirse con la suya. Es una persona maravillosa, ¿no le parece?

—Sí, desde luego. Me recuerda a Mrs. Latimer, de mi

pueblo, St. Mary Mead. Era la directora de la Sociedad Femenina y de las exploradoras, y, por supuesto, de casi todo lo de allí. No fue hasta al cabo de cinco años cuando descubrimos que... ¡no debo comentar estas cosas! No hay nada más molesto que hablarle a alguien de personas y lugares que no conoce ni ha visto nunca. Debe perdonarme, querida.

—¿St. Mary Mead es un pueblo bonito?

—No sé lo que usted considerará un pueblo bonito, querida. Pero sí, bastante. Hay algunas personas muy simpáticas y también otras muy desagradables. Ocurren cosas muy curiosas, como en cualquier otro pueblo. La naturaleza humana es la misma en todas partes, ¿no cree?

—Usted sube bastante a menudo a ver a Miss Ramsbottom, ¿no es cierto? La verdad es que a mí me da miedo.

—¿Miedo? ¿Por qué?

—Porque creo que está loca. Creo que tiene una manía religiosa. ¿Usted cree que podría estar loca de verdad?

—¿Loca? ¿En qué sentido?

—Sabe muy bien lo que quiero decir, Miss Marple. Siempre sentada en su habitación, sin salir para nada y meditando sobre el pecado. Puede que al fin se haya convencido de que su misión en esta vida es administrar justicia.

—¿Es esa la opinión de su esposo?

—No sé lo que piensa Lance. No me lo ha dicho. Pero estoy por completo segura de una cosa: cree que alguien está loco y que ese alguien es de la familia. Yo diría que Percival está bien cuerdo. Jennifer solo es estúpida y un tanto patética. Algo nerviosa, pero nada más. Elaine es una de esas muchachas extrañas, temperamentales y tensas. Está locamente enamorada de ese hombre y nunca admitirá que se casa con ella por su dinero.

—¿Usted cree que la quiere solo por su dinero?

—Sí. ¿Usted no?

—Es casi seguro —replicó Miss Marple—. Como el joven Ellis, que se casó con Marion Bates, la hija de un herrero muy rico. Ella era muy fea y estaba loca por él. No obstante, se llevaron muy bien. Los hombres como el joven Ellis y este Gerald Wright solo resultan desagradables cuando se casan con una muchacha pobre por amor. Les contraría tanto lo que han hecho que culpan de todo a la pobre chica. Pero si se casan con una rica, continúan respetándola.

—No veo que pueda ser alguien de fuera —continuó Pat, frunciendo el entrecejo—. Y por eso se respira este ambiente aquí dentro. Todos se observan unos a otros. No tardará en suceder algo.

—No habrá más muertes —aseguró Miss Marple—. Por lo menos, no lo creo.

—No puede usted estar completamente segura.

—A decir verdad, lo estoy. Ese criminal ya ha cumplido su propósito.

—¿Ese?

—O esa. Hablo de él porque resulta más sencillo.

—Usted dice que el criminal ha conseguido su propósito. ¿Qué propósito?

Miss Marple negó con la cabeza. Todavía no estaba del todo segura.

Capítulo 23

Una vez más, Miss Somers acababa de hacer el té en la sala de las mecanógrafas y, como de costumbre, el agua aún no hervía cuando la vertió en la tetera. La historia se repetía. Miss Griffith, al coger su taza, pensó: «La verdad, debo hablar con Mr. Percival acerca de Somers. Creo que podríamos conseguir a alguien mejor. Pero claro que, con todo lo que está pasando, supongo que no sería muy apropiado que lo molestara con estas nimiedades».

—El agua no hervía, Somers —le reprochó con acritud, como hiciera tantas veces antes, y la aludida, enrojeciendo, contestó como siempre:

—¡Oh, Dios mío! Estaba segura de que esta vez hervía.

El resto de frases y réplicas en el mismo tono quedaron interrumpidas por la entrada de Lance Fortescue. Miró a su alrededor algo indeciso, y Miss Griffith se levantó de un salto para ir a su encuentro.

—¡Mr. Lance! —exclamó.

Él se volvió y en su rostro apareció una sonrisa.

—¡Vaya, si es Miss Griffith!

Miss Griffith estaba encantada. Al cabo de once años todavía recordaba su nombre.

—No creí que fuera a recordarme —le dijo aturdida.

—Claro que me acuerdo —contestó Lance poniendo en juego todo su atractivo.

Un murmullo de excitación recorrió la sala de las mecanógrafas. Miss Somers olvidó sus apuros con el té mientras miraba a Lance boquiabierta. Miss Bell observaba por encima de su máquina de escribir, y Miss Chase sacó discretamente la polvera y se retocó la nariz.

Lance Fortescue miró a su alrededor.

—Veo que aquí todo continúa más o menos igual.

—No ha habido muchos cambios, Mr. Lance. ¡Qué buen aspecto tiene y qué moreno está! Supongo que debe de haber tenido una vida muy excitante por el extranjero.

—Si quiere llamarlo así... —replicó Lance—, pero ahora pretendo llevar una vida interesante en Londres.

—¿Va a volver a la oficina?

—Quizá.

—¡Oh, es magnífico!

—Voy a sentirme muy torpe —dijo Lance—. Tendrá que ponerme al corriente de todo, Miss Griffith.

Ella rio encantada.

—Será muy agradable volver a tenerlo aquí, Mr. Lance. Muy agradable.

Lance la miró con aprecio.

—Es muy amable de su parte, muy amable.

—Nunca creímos... Ninguna pensó que usted... —No le salieron las palabras y se sonrojó.

Lance le dio unas palmaditas en la mano.

—¿No creyeron que el león fuera tan fiero como lo pintaban? Tal vez no. Pero eso es agua pasada. ¿Para qué recordarlo? El futuro es lo que importa. ¿Está mi hermano?

—Creo que está en el despacho principal.

Lance asintió con un gesto y siguió su camino. En la antesala del santuario, una mujer de rostro duro y entrada en años se levantó detrás de su escritorio y dijo en tono severo:

—¿Su nombre y el asunto que lo trae por aquí, por favor?

Lance la miró extrañado.

—¿Es usted Miss Grosvenor?

Se la habían descrito como una rubia despampanante. Y eso le pareció que era por las fotografías de los periódicos. Aquella mujer no podía ser Miss Grosvenor.

—Miss Grosvenor se marchó la semana pasada. Soy Mrs. Hardcastle. La secretaria particular de Mr. Percival Fortescue.

«Es muy propio del viejo Percy —pensó Lance—. Librarse de una rubia estupenda y contratar a esta otra. ¿Por qué? ¿Porque es más seguro o porque es más barato?»

—Soy Lancelot Fortescue —anunció—. Usted todavía no me conoce.

—¡Oh, cuánto lo siento, Mr. Lancelot! —se disculpó la secretaria—. Creo que esta es la primera vez que viene a la oficina.

—La primera, pero no la última —repuso Lance con una sonrisa.

Cruzó la antesala y abrió la puerta de lo que había sido el despacho de su padre. Pero no era Percy quien se sentaba detrás de la mesa del escritorio, sino el inspector Neele, que alzó la mirada de los papeles que leía para saludarlo con una inclinación de la cabeza.

—Buenos días, Mr. Fortescue. Supongo que habrá venido a hacerse cargo de sus obligaciones.

—¿Ya se ha enterado de que he resuelto trabajar en la firma?

—Me lo dijo su hermano.

—¿De veras? ¿Lo dijo muy entusiasmado?

El inspector Neele consiguió disimular una sonrisa.

—No mucho —contestó muy serio.

—Pobre Percy —comentó Lance.

Neele lo miró con curiosidad.

—¿De veras piensa convertirse en un hombre de negocios?

—¿Acaso le extraña?

—No me parece propio de su carácter, Mr. Fortescue.

—¿Por qué no? Soy hijo de mi padre.

—Y de su madre.

—¿Y eso qué tiene que ver, inspector? Mi madre era una romántica. Su lectura preferida era *Idilios del rey Arturo*, como habrá deducido usted por nuestros nombres de pila. Era una inválida y siempre vivió fuera de la realidad. Yo no soy así. Carezco de sentimentalismo y soy un realista de pies a cabeza.

—Las personas no son siempre como creen ser.

—No, supongo que tiene razón.

Se sentó en una butaca y estiró las largas piernas con su estilo característico. Sonrió para sí mismo...

—Usted es más listo que mi hermano, inspector —soltó inesperadamente.

—¿En qué sentido, Mr. Fortescue?

—He conseguido poner nervioso a Percy. Cree que estoy dispuesto a convertirme en un hombre de negocios, que voy a meter mis manazas en su pastel. Piensa que voy a lanzarme a derrochar el dinero de la sociedad y a embrollarlo en firmas descabelladas. ¡Casi me siento tentado de hacerlo, sería muy divertido! Casi, pero no del todo. No podría soportar estar siempre encerrado en una oficina, inspector. Me gusta estar al aire libre, sentir cerca la aventura. Me ahogaría en un lugar como este. —Y agregó a toda prisa—: Esto se lo comento en confianza. No se lo diga a Percy, por favor.

—No creo que haya ocasión, Mr. Fortescue.

—Deseo divertirme un poquito a costa de Percy. Quiero hacerle sudar un poquitín. Que trague un poco de lo que tuve que tragar yo.

—Esa es una frase bastante curiosa, Mr. Fortescue. De lo que usted tuvo que tragar... ¿por qué?

Lance se encogió de hombros.

—¡Oh! Es una vieja historia. No vale la pena recordarla.

—Hubo un pequeño asunto relacionado con cierto cheque. ¿Se refería usted a eso?

—¡Cuántas cosas sabe, inspector!

—Creo que no hubo denuncia. Su padre no hubiera hecho una cosa así.

—No, se limitó a echarme.

El inspector Neele lo observó con aire pensativo, pero no era en Lance Fortescue en quien pensaba, sino en Percival. En el honrado, trabajador y parsimonioso Percival. Todo en aquel caso acababa invariablemente desembocando en el enigma de Percival Fortescue, un hombre al que todos conocían por su comportamiento exterior, pero cuya verdadera personalidad escapaba sin duda a los ojos de todos. Al observarlo daba la sensación de tener un carácter insignificante e inexpresivo, un hombre acostumbrado a obedecer en todo a su padre. Percy el Relamido, como había dicho el ayudante del comisionado en cierta ocasión. Ahora Neele intentaba conseguir una aproximación mejor a través de su hermano Lance. Iba tanteando.

—Su hermano parece haber estado siempre muy..., ¿cómo diría...?, muy sujeto a su padre.

—No lo sé. —Lance pareció meditar aquel punto—. No lo sé. Sí, esa debía de ser la impresión que daba. Pero no estoy seguro de que fuera así en realidad. Ahora que lo pienso, creo que era asombroso, sí, era asombroso el modo en que siempre se salía con la suya, sin causar nunca esa impresión.

Sí, pensó Neele, era sombroso. Buscó entre los papeles que tenía delante, cogió una carta y se la tendió a Lance.

—Esta es la carta que usted escribió en agosto pasado, ¿verdad, Mr. Fortescue?

Lance la miró antes de devolvérsela.

—Sí. La escribí a mi regreso de Kenia el verano pasado. ¿Papá la guardó? ¿Dónde estaba? ¿Aquí, en la oficina?

—No, Mr. Fortescue. En Yewtree Lodge, entre los papeles de su padre.

El inspector la contempló haciendo cábalas en su mente. Era una misiva breve:

Querido papá:

Lo he hablado con Pat, y hemos decidido aceptar tu propuesta. Tardaré algún tiempo en arreglar las cosas aquí, digamos hasta finales de octubre o primeros de noviembre. Ya te avisaré cuando sepa la fecha exacta. Espero que nos llevemos mejor que antes. De todas formas haré lo que pueda. No puedo decirte más. Cuídate mucho.

Tuyo,

Lance

—¿Adónde dirigió esta carta, Mr. Fortescue? ¿A la oficina o a Yewtree Lodge?

Lance frunció el entrecejo en un esfuerzo por concentrarse.

—Es difícil de precisar. No lo recuerdo. Compréndalo, hace casi tres meses. Creo que a la oficina. Sí, estoy casi seguro. Aquí, a su despacho. —Hizo una pausa antes de preguntar con franca curiosidad—: ¿Por qué?

—Me gustaría saberlo. Su padre no la archivó aquí con sus papeles, sino que se la llevó consigo a Yewtree Lodge, y yo la encontré en su escritorio. Me pregunto por qué lo haría.

Lance rio.

—Supongo que para que no la viera Percival.

—Sí, eso parece. ¿Su hermano tenía acceso a los documentos privados de su padre?

—No exactamente. —Lance vaciló con el entrecejo fruncido—. Quiero decir que podía consultarlos cuando quisiera, pero él no...

El inspector Neele lo ayudó a terminar la frase:

—... esperaba que lo hiciera.

Lance sonrió ampliamente.

—Eso es. Con franqueza, se hubiera considerado una intromisión. Pero me imagino que Percy siempre ha metido las narices en todas partes.

El inspector Neele asintió. También él lo consideraba capaz de una cosa así. Y eso se correspondía a la perfección con la clara imagen que empezaba a hacerse sobre su carácter.

—Y hablando del rey de Roma... —murmuró Lance cuando se abrió la puerta para dar paso a Percival Fortescue.

Percival iba a dirigirle la palabra al inspector, pero se contuvo, con gesto serio, al ver a su hermano Lance.

—Vaya —saludó Percival—. ¿Tú por aquí? No me habías dicho que pensabas venir hoy.

—Me he sentido invadido por la fiebre del trabajo —señaló Lance—, de modo que estoy dispuesto a mostrarme útil en lo que sea. ¿Qué es lo que quieres que haga?

—De momento nada —replicó Percival irritado—. Nada en absoluto. Tendremos que llegar a un acuerdo para ver de qué aspecto del negocio vas a ocuparte. Tendremos que prepararte un despacho.

Lance le preguntó sonriente:

—A propósito, ¿por qué has despedido a la hermosa Grosvenor y la has reemplazado por esta otra?

—La verdad, Lance... —protestó Percival.

—En definitiva, has salido perdiendo con el cambio. Yo esperaba conocer a esa preciosidad. ¿Por qué la has despedido? ¿Sabía demasiado?

—Claro que no. ¡Vaya una ocurrencia! —Percy habló furioso y un ligero rubor coloreó su pálido rostro. Se volvió hacia el inspector—. No haga caso a mi hermano —dijo con frialdad—, tiene un extraño sentido del humor. Nunca tuve muy buena opinión de la inteligencia de Miss Grosvenor. Mrs. Hardcastle tiene unos informes inmejorables, es muy capaz y, además, muy moderada en sus pretensiones.

—Muy moderada en sus pretensiones —murmuró Lance mirando el techo—. Percy, la verdad, no apruebo tu modo de tratar al personal de la oficina. A propósito, considerando la lealtad que han demostrado permaneciendo junto a nosotros durante estas tres semanas trágicas, ¿no te parece que deberías aumentarles el sueldo?

—Desde luego que no —exclamó Percival—. Me parece innecesario.

El inspector Neele observó el brillo malicioso de los ojos de Lance. Percival, sin embargo, estaba demasiado nervioso para notarlo.

—A ti siempre se te ocurren las ideas más extravagantes —tartamudeó—. Dado el estado en que se halla la firma, nuestra única esperanza es intentar ahorrar en la medida de lo posible.

El inspector Neele carraspeó, recordándole su presencia.

—Esta es una de las cosas que quería hablar con usted, Mr. Fortescue —le dijo a Percival.

—¿De veras, inspector? —Percival dirigió su atención a Neele.

—Quisiera aclarar algunos puntos, Mr. Fortescue. Tengo entendido que, durante estos últimos seis meses, o quizá más tiempo, tal vez un año, el comportamiento de su padre, en general, fue causa de gran intranquilidad para usted.

—No estaba bien —afirmó Percival en tono concluyente—. Desde luego, no estaba nada bien.

—Usted intentó que visitara a un médico pero no tuvo éxito. ¿Se negó categóricamente?

—Del todo.

—¿Puedo preguntarle si sospechaba que su padre sufría lo que se conoce de forma popular como «parálisis generalizada del alineado», con síntomas de megalomanía e irritabilidad, que desemboca más pronto o más tarde en demencia total?

Percival pareció sorprendido.

—Es usted muy listo, inspector. Eso era justo lo que yo temía. Por eso tenía tanto interés en que mi padre se sometiera a un tratamiento médico.

—Y entretanto —continuó Neele—, mientras intentaba convencerlo para que lo hiciera, él tenía entera libertad para seguir causando graves perjuicios al negocio.

—Desde luego —convino Percival.

—Una situación muy desafortunada —señaló el inspector.

—Terrible. Nadie sabe la ansiedad que he pasado.

—Desde el punto de vista de los negocios, que su padre haya muerto ha sido una circunstancia afortunada —comentó Neele en tono amable.

—No esperará que considere la muerte de mi padre bajo ese punto de vista, inspector —protestó Percival irritado.

—No se trata de cómo usted lo considere, Mr. Fortescue. Estoy simplemente exponiendo un hecho. Su padre murió antes de que sus negocios sufrieran una completa bancarrota.

—Sí, sí, tiene razón —replicó Percival impaciente.

—Fue una circunstancia afortunada para toda su familia, puesto que todos ustedes dependen de este negocio.

—Sí, pero la verdad, inspector, no sé adónde quiere ir a parar.

—¡Oh! No quiero llegar a ninguna parte, Mr. Fortescue. Solo estoy poniendo los hechos en orden. Otra cosa. Tengo entendido que usted dijo que no había tenido comunicación de ninguna clase con su hermano desde que él abandonó Inglaterra hace muchos años.

—Así es —afirmó Percival.

—Sí, pero eso no es del todo exacto, ¿verdad, Mr. Fortescue? Quiero decir que la primavera pasada, cuando se encontraba preocupado por la salud de su padre, usted le escribió a su hermano, que se encontraba en África, para comunicarle su inquietud. Creo que su deseo era que Lance colaborara para conseguir que su padre fuera examinado por un médico y, de ser necesario, internado en un sanatorio.

—Yo... yo... la verdad, no comprendo... —Percival había sido cogido por sorpresa.

—¿Es así o no, Mr. Fortescue?

—La verdad, creí que debía hacerlo. Al fin y al cabo, Lancelot es socio de la firma.

El inspector Neele dirigió una mirada a Lance, que sonreía.

—¿Recibió usted esa carta?

Lance Fortescue asintió.

—¿Y qué contestó?

Lance amplió su sonrisa.

—Le dije a Percy que se fuera a freír espárragos y que dejase tranquilo al viejo, que probablemente sabía muy bien lo que estaba haciendo.

El inspector Neele volvió a mirar a Percival.

—¿Fueron esos los términos de la respuesta?

—Yo... yo..., bueno, supongo que más o menos. Aunque lo expuso de un modo mucho más ofensivo.

—Pensé que el inspector preferiría una versión algo más pulcra —dijo Lance—. Para ser sincero, inspector Neele, esa es una de las razones por las cuales decidí venir cuando recibí la carta de mi padre. Quería comprobar si era cierto lo que imaginaba. Durante la breve entrevista que sostuve con él no pude observar nada anormal. Estaba algo irritable, nada más. Me pareció perfectamente capaz de dirigir sus propios asuntos. De todas formas, después de regresar a África y de hablar de este asunto con Pat, decidí volver a casa y ocuparme de que se jugara limpio.

Al decir esto, miró a Percival.

—Protesto —exclamó Percival—. Protesto enérgicamente de lo que estás insinuando. Yo no pretendía estafar a mi padre, solo estaba preocupado por... —Se detuvo.

Lance se apresuró a terminar la frase.

—Estabas preocupado por tu bolsillo, ¿no es eso? Por el dinero del pobre Percy. —Se puso en pie y de pronto sus maneras cambiaron—. Está bien, Percy, me doy por vencido. Estaba dispuesto a hacerte sufrir un poco haciéndote creer que iba a trabajar aquí. No quería dejar que hicieras tu voluntad, como de costumbre, pero que me ahorquen si tengo que seguir con la farsa. Con franqueza, me enferma permanecer en la misma habitación que tú. Siempre has sido un cerdo y una vulgar rata. Espiando, mintiendo y buscando complicaciones. Voy a decirte otra cosa. No puedo probarlo, pero siempre he creído que fuiste tú quien falsificó aquel cheque y que por tu culpa me echaron de aquí. Ya para empezar, estaba tan mal hecho que era imposible que pasara desapercibido que era un cheque falsificado. Pero mis antecedentes eran demasiado turbios para que pudiera protestar y que se me escuchara. A menudo, no obstante, me he preguntado cómo el viejo no se dio cuenta de que, si yo hubiera falsificado su firma, lo habría hecho mucho mejor.

Lance siguió hablando, levantando cada vez más la voz.

—Bien, Percy. No voy a continuar este juego estúpido. Estoy harto de este país y de los negocios. Estoy harto de los tipejos como tú, con los pantalones a rayas, las chaquetas negras, las voces afectadas y las transacciones financieras mezquinas y engañosas. Nos separaremos como tú deseas, y yo volveré con Pat a un país distinto, a un país donde haya espacio para respirar y moverse. Puedes encargarte del reparto de los valores. Guárdate los mejores, y el dos, el tres y el tres y medio por ciento fijo, y déjame a mí las últimas especulaciones inverosímiles de papá, como tú las llamas. La mayoría de ellas probablemente serán una ruina. Pero apuesto a que al final algunas se pagarán mejor que todas tus obligaciones al tres por ciento. Papá era un viejo muy astuto. Se aventuró muchas veces, muchísimas, pero algunas le llegaron a dar hasta el quinientos, el seiscientos y el setecientos por ciento. Yo respaldaré su juicio y su suerte. Y en cuanto a ti, miserable gusano... —Lance avanzó en dirección a su hermano, que corrió a buscar refugio detrás del escritorio, junto al inspector Neele—. Está bien. No voy a tocarte. Tú querías echarme de aquí y ya me voy. Deberías estar satisfecho —agregó al dirigirse hacia la puerta—: Puedes incluir la concesión de la vieja mina del mirlo, si te place. Si los MacKenzie nos han de perseguir, yo los llevaré hasta África. —Y mientras salía añadió—: La venganza, al cabo de tantos años, parece increíble. Pero el inspector Neele parece habérselo tomado en serio, ¿no es verdad, inspector?

—Tonterías —replicó Percival—. ¡Eso es imposible!

—Pregúntale a él. Pregúntale por qué anda haciendo todas esas averiguaciones sobre los mirlos y el centeno que encontraron en el bolsillo de papá.

—¿Recuerda usted los mirlos del pasado verano, Mr. Fortescue? Constituyen un detalle muy significativo —comentó el inspector en tono amable, acariciándose el labio superior.

—¡Tonterías! —repitió Percival—. Nadie había oído hablar de los MacKenzie desde hace años.

—Y, no obstante —señaló Lance—, casi me atrevería a jurar que hay un MacKenzie entre nosotros. Y me imagino que el inspector piensa lo mismo.

El inspector Neele alcanzó a Lancelot Fortescue cuando este llegaba a la calle.

Al verlo, el joven sonrió algo avergonzado.

—No tenía intención de hacerlo, pero de pronto perdí los estribos. ¡Oh, bueno! Tarde o temprano hubiera hecho lo mismo. Voy a reunirme con Pat, en el Savoy. ¿Va usted en esa dirección, inspector?

—No, yo vuelvo a Baydon Heath. Pero hay una cosa que quisiera preguntarle, Mr. Fortescue.

—Dígame.

—Cuando ha entrado en el despacho principal y me ha encontrado allí, se ha sorprendido. ¿Por qué?

—Porque no esperaba verlo, me imagino. Creí que encontraría allí a Percy.

—¿No le han dicho que había salido?

Lance lo miró con curiosidad.

—No. Me han dicho que estaba en su despacho.

—Ya comprendo. Nadie sabía que había salido. En el despacho solo hay una entrada, pero en la antesala hay una puerta que da directamente al pasillo. Supongo que su hermano habrá salido por ahí, pero me extraña que Mrs. Hardcastle no se lo haya dicho.

—Habría ido a recoger su taza de té. —Lance rio—. Seguro.

—Sí, sí, desde luego.

—¿En qué piensa, inspector?

—Solo en algunos detalles. Nada más, Mr. Fortescue.

Capítulo 24

Durante el viaje de regreso en tren a Baydon Heath, el inspector Neele tuvo muy poco éxito al tratar de resolver el crucigrama del *Times*. Su mente estaba distraída en otras cosas. Del mismo modo, solo leyó a medias las noticias. Un terremoto en Japón, el descubrimiento de uranio en Tanganica, la aparición del cadáver de un marino de un mercante cerca de Southampton y la inminente huelga de estibadores portuarios, y una nueva medicación con la que se hacían maravillas en casos de tuberculosis muy avanzadas.

Todos aquellos temas formaron un extraño conjunto en su subconsciente. Volvió al crucigrama y pudo agregar tres palabras con bastante rapidez.

Cuando llegó a Yewtree Lodge había tomado una decisión.

—¿Dónde está esa anciana? —le preguntó al sargento Hay—. ¿Sigue aquí?

—¿Miss Marple? ¡Oh, sí! Todavía está aquí. Se ha hecho muy amiga de la vieja de arriba.

—Ya. —Neele hizo una pausa antes de agregar—: ¿Dónde está ahora? Quiero verla.

Miss Marple llegó a los pocos minutos, bastante sonrojada y respirando agitadamente.

—¿Deseaba usted verme, inspector Neele? Siento haberlo hecho esperar. El sargento Hay ha tardado en encontrarme. Estaba en la cocina hablando con Mrs. Crump. Fui a felicitarla por los pasteles y el delicioso suflé de anoche. Siempre he pensado que es mejor dar un pequeño rodeo cuando lo que pretendes es abordar una cuestión muy concreta, ¿no le parece? Ya comprendo que eso no casa con usted, porque más o menos tiene que ir directamente al grano para hacer las preguntas que desea. Pero una anciana que tiene todo el tiempo del mundo, como usted mismo dice, es de esperar que charle mucho y sin necesidad. Y la mejor manera de llegar al corazón de una cocinera diría que es alabando su repostería.

—¿De qué quería hablarle realmente? ¿De Gladys Martin?

—Sí. De Gladys. Mrs. Crump me ha contado muchas cosas de la muchacha, no relacionadas con el crimen. No me refiero a eso, sino a su estado de ánimo en estos últimos tiempos, y las cosas que decía, cosas cogidas de aquí y de allá, retazos de sus conversaciones, no sé si me comprende.

—¿Y ha sacado algo en claro?

—Sí —replicó Miss Marple—. Mucho. La verdad, creo que las cosas se están resolviendo, ¿no le parece?

Observó que el sargento Hay había abandonado la estancia, cosa que le alegraba porque lo que iba a hacer a continuación no era muy ortodoxo.

—Escuche, Miss Marple. Quisiera hablar seriamente con usted.

—Diga, inspector Neele.

—En cierto modo, usted y yo representamos dos puntos de vista opuestos, Miss Marple. Confieso que he oído hablar de usted en Scotland Yard. —Neele sonrió—. Parece que es muy conocida allí.

—No sé por qué será, pero el caso es que muy a menudo me veo mezclada en cosas que en realidad no me atañen —contestó sonrojándose—. Me refiero a crímenes y sucesos extraños.

—Goza usted de cierta fama.

—Sir Henry Clithering es un viejo amigo mío.

—Como ya le he dicho —prosiguió Neele—, usted y yo representamos distintos puntos de vista. Al uno podríamos llamarlo cuerdo y al otro, loco.

Miss Marple ladeó un poco la cabeza.

—¿Qué es lo que quiere decir con eso, inspector?

—Bien, Miss Marple, hay una manera cuerda de mirar las cosas. Este asesinato beneficia a ciertas personas. Digamos, a una en particular. El segundo crimen beneficia a la misma persona, y el tercero podemos calificarlo de crimen necesario para la seguridad.

—Pero ¿a cuál llama usted el tercero? —preguntó Miss Marple.

Sus ojos, de un azul porcelana muy intenso, miraron con astucia al inspector. Él asintió

—Sí. Ahí quería llegar. ¿Sabe?, el otro día, cuando el ayudante del comisionado me hablaba de estos asesinatos, algo de lo que dijo me pareció que no encajaba. Y era eso. Yo estaba pensando en la canción infantil, y lo que la canción dice exactamente es: «El rey en su palacio, la reina en su sala y la doncella tendiendo la ropa».

—Exacto —señaló Miss Marple—. Siguen ese orden, pero Gladys tuvo que ser asesinada antes que Mrs. Fortescue, ¿no es así?

—Creo que sí. Casi lo aseguraría. El cadáver no fue descubierto hasta muy avanzada la noche y, desde luego, resultó difícil precisar el tiempo que llevaba muerta. Pero creo que fue asesinada a eso de las cinco, porque de otro modo...

Miss Marple intervino.

—... porque de otro modo hubiera llevado la segunda bandeja a la biblioteca.

—Así es. Entró la bandeja con el té, fue hasta el vestíbulo con la segunda, pero entonces ocurrió algo. Ella oyó o vio algo. La cuestión es saber el qué. Quizá fuera Dubois, que bajaba la escalera al salir de la habitación de Mrs. Fortescue. Pudo haber sido el novio de Elaine, Gerald Wright, entrando por la puerta lateral. Fuera quien fuese, le hizo dejar la bandeja y salir al jardín. El asesinato tuvo que cometerse casi en el momento. Hacía frío fuera y solo llevaba puesto el uniforme.

—Tiene toda la razón, inspector —asintió Miss Marple—. Quiero decir que no es exactamente como en la canción: «la doncella colgaba la ropa en el jardín». No podía estar tendiendo ropa a esas horas de la noche y no hubiera salido a recogerla sin ponerse un abrigo. Todo fue un montaje, como lo de la pinza en la nariz, para hacer que coincidiera con la canción.

—En efecto. Una locura. Ahí es donde no comparto su punto de vista. No puedo, me es imposible tragarme eso de la nana.

—Pero encaja, inspector. Tiene que admitirlo.

—Encaja, es cierto, pero de todos modos el orden está alterado. La canción indica que la doncella fue el tercer cadáver, y nosotros sabemos que la tercera víctima fue la reina. Adele Fortescue fue asesinada entre las cinco y veinticinco y las seis menos cinco. Y a esa hora Gladys ya debía de estar muerta.

—Y eso lo altera todo, ¿verdad? Todo en relación con la canción infantil. Eso es muy significativo, ¿no le parece?

El inspector Neele se encogió de hombros.

—Tal vez era una tontería. Los crímenes cumplen las condiciones de la nana, y supongo que es todo lo que se pretendía. Pero hablo desde su punto de vista. Ahora se lo expondré desde el mío, Miss Marple. Me olvidaré de los mirlos, del centeno y de todo lo demás. Me voy a guiar por los hechos concretos, el sentido común y los motivos por los que las personas que están en su sano juicio cometen un asesinato. Primero, la muerte de Rex Fortescue, y quiénes se benefician con su muerte. Se benefician muchas personas, pero su hijo Percival el que más. Percival no estaba en Yew-tree Lodge aquella mañana. No pudo haber envenenado el café de su padre, ni nada de lo que tomó para desayunar. O por lo menos, eso es lo que pensamos al principio.

—¡Ah! —exclamó Miss Marple—. Tuvo que hacerse de algún modo. He estado pensando sobre ello y tengo varias ideas. Pero, claro, no tengo la menor prueba.

—No hay ningún mal en decírselo —dijo el inspector Neele—. Pusieron taxina en un bote de mermelada sin abrir. Lo sirvieron para desayunar y la parte de encima se la comió Mr. Fortescue. Luego ese bote fue arrojado entre los arbustos y, en su lugar, colocaron en la despensa otro al que le faltaba una cantidad aproximadamente igual. El que encontraron entre los arbustos fue analizado y acabo de recibir el resultado. Contenía taxina.

—De modo que fue así —murmuró la anciana—. Tan simple y fácil.

—Consolidated Investments —continuó Neele— está en apuros. Si la sociedad hubiera tenido que pagarle a Adele Fortescue las cien mil libras que heredaba de su esposo, sin duda habría quebrado. Y si Mrs. Fortescue hubiera sobrevivido un mes a su esposo, habrían tenido que pagarle ese dinero. A ella no le hubiesen importado las dificultades del negocio, pero no lo sobrevivió tanto tiempo. Murió y, de resultas de su muerte, quien se beneficiaba era el heredero universal de Rex Fortescue. En otras palabras, otra vez Percival Fortescue. Siempre Percival Fortescue. Y a pesar de que pudo haber preparado la mermelada, no pudo haber envenenado a su madrastra ni estrangulado a Gladys. Según su secretaria, estaba en su despacho de la ciudad a las cinco de la tarde, y no regresó hasta las siete.

—Eso lo pone muy difícil, ¿verdad? —indicó Miss Marple.

—Lo hace imposible —replicó el inspector Neele con

un tono lúgubre—. En otras palabras: Percival está descartado.

Dejó a un lado toda reserva y prudencia, y siguió hablando con cierta amargura, más para sí mismo que para su interlocutora.

—Me vuelva hacia donde me vuelva, siempre me encuentro a la misma persona. ¡Percival Fortescue! Y, sin embargo, no puede ser Percival Fortescue. —Un poco más tranquilo agregó—: Quedan otras posibilidades, otras personas que tuvieron motivos suficientes.

—Mr. Dubois, por supuesto —dijo Miss Marple vivamente—. Y ese joven, Gerald Wright. Estoy de acuerdo con usted, inspector. Dondequiera que haya dinero a ganar, debemos desconfiar. No debemos pecar de excesivamente confiados o crédulos.

El inspector sonrió a su pesar.

—Siempre hay que pensar lo peor, ¿no es cierto?

Le parecía una curiosa doctrina procediendo de aquella anciana frágil y encantadora.

—¡Oh, sí! —exclamó Miss Marple con fervor—. Yo siempre pienso lo peor. Y es muy triste comprobar que casi siempre se acierta.

—Está bien —dijo Neele—, pensemos lo peor. Dubois pudo haberlo hecho, Gerald Wright también (es decir, si actuaba confabulado con Elaine Fortescue y ella envenenó la mermelada), y supongo que la esposa de Mr. Percival también pudo haber sido. Estaba aquí, pero ninguna de las personas que he mencionado liga con los mirlos y el centeno. Esa es su teoría y puede que tenga razón. De ser así, todo señala a una sola persona, ¿no es cierto? Mrs. MacKenzie está en una clínica mental desde hace muchos años, por lo que no pudo manipular el bote de mermelada ni echar cianuro en el té de la tarde. Su hijo Donald murió en Dunquerque. Queda su hija, Ruby MacKenzie. Y si su teoría es cierta, si toda esta serie de crímenes fueron debidos al asunto de la mina del mirlo, entonces Ruby MacKenzie debe de estar en esta casa, y solo podría ser una persona.

—Me parece que está siendo un poco dogmático, inspector.

—Solo una persona —insistió Neele sin prestarle atención.

Se puso de pie y salió de la habitación.

Mary Dove estaba en su sala. Era una pequeña habitación amueblada con austeridad, pero cómoda. Es decir, Miss Dove había hecho que resultara cómoda. Cuando el inspector Neele llamó a la puerta, Mary Dove dejó a un lado los libros de cuentas y dijo con voz clara:

—Adelante.

El inspector entró en la estancia.

—Siéntese, inspector. —Miss Dove le indicó la silla—. ¿Podría aguardar un momentito? La nota del pescadero no me parece correcta y debo comprobarla.

El inspector Neele permaneció en silencio mirando cómo cotejaba la columna de números. Qué aplomo y seguridad tenía aquella muchacha, pensó. Se sintió intrigado, como tantas otras veces, por la personalidad que ocultaba su actitud serena. Intentó descubrir en sus facciones alguna semejanza con las de la mujer que había hablado con él en el Pinewood Private Sanatorium. El color de su tez no era muy distinto, pero no pudo encontrar parecido alguno. Por fin Mary Dove acabó su trabajo.

—Bien, inspector, ¿en qué puedo servirlo?

—Como usted sabe, Miss Dove —comenzó el inspector con voz reposada—, hay ciertos factores muy peculiares en este caso.

—¿Sí?

—Para empezar, existe la extraña circunstancia del centeno encontrado en el bolsillo de Mr. Fortescue.

—Eso fue extraordinario —convino Mary Dove—. La verdad es que no puedo encontrarle ninguna explicación.

—Luego los mirlos. Aquellos cuatro que aparecieron sobre el escritorio de Mr. Fortescue el verano pasado, y también los que pusieron como relleno en un pastel. Creo que usted ya estaba aquí cuando ocurrieron ambos incidentes.

—Sí. Lo recuerdo. Fue muy desagradable. Me pareció algo de lo más absurdo, de muy mal gusto.

—Tal vez no tan absurdo. ¿Qué sabe usted de la mina del mirlo?

—No creo haber oído hablar nunca de esa mina.

—Usted me dijo que se llamaba Mary Dove. ¿Es ese su verdadero nombre?

La joven enarcó las cejas. El inspector Neele estaba seguro de que en sus ojos azules había aparecido una expresión de alarma.

—Qué pregunta tan extraña, inspector. ¿Insinúa acaso que mi nombre no es Mary Dove?

—Eso es justo lo que sugiero. Sugiero —indicó Neele amablemente— que su verdadero nombre es Ruby Mac-Kenzie.

Ella lo miró. En su rostro no apareció la menor señal de protesta o sorpresa. Al inspector le pareció una pose. Al cabo de unos instantes repuso con voz tranquila e inexpresiva:

—¿Qué espera usted que le diga?

—Por favor, contésteme. ¿Se llama usted Ruby Mac-Kenzie?

—Ya le he dicho que mi nombre es Mary Dove.

—Sí, pero ¿tiene usted pruebas de ello, Miss Dove?

—¿Qué quiere? ¿Mi partida de nacimiento?

—Eso podría ayudarnos o quizá no. Quiero decir que usted podría estar en posesión de la partida de nacimiento de una tal Mary Dove, que muy bien podría ser amiga suya o alguien que hubiera muerto.

—Sí, existen muchas posibilidades, ¿no le parece? —En la voz de Mary Dove vibraba el regocijo—. Es todo un dilema para usted, ¿verdad, inspector?

—Quizá sean capaces de reconocerla en el Pinewood Private Sanatorium.

—¡El Pinewood Private Sanatorium! —Mary enarcó las cejas—. ¿Qué es o dónde está eso?

—Creo que lo sabe usted muy bien, Miss Dove.

—Le aseguro que ignoro de qué me habla.

—¿Niega entonces con rotundidad ser Ruby MacKenzie?

—La verdad es que no voy a negar nada. Creo, inspector, que es usted quien debe probar que yo soy esa Ruby MacKenzie de la que habla. —Sus ojos azules lo miraban ahora divertidos y desafiantes—: Sí, eso es cosa suya, inspector. Pruebe que soy Ruby MacKenzie, si puede.

Capítulo 25

—La vieja lo anda buscando, señor —dijo el sargento Hay en tono misterioso mientras Neele bajaba la escalera—. Parece ser que tiene muchas cosas que contarle.

—¡Rayos y centellas! —exclamó el inspector Neele.

—Sí, señor —replicó Hay sin mover un solo músculo de su rostro.

Se disponía a marcharse cuando Neele lo llamó:

—Hay, coja los datos que nos ha dado Miss Dove sobre los nombres y direcciones de sus anteriores empleos, y compruébelos. Ah, y un par de cosas que quisiera saber. Entregue estas órdenes en mano.

Garabateó unas líneas en una hoja de papel y se la tendió al sargento Hay.

—Lo haré enseguida, señor.

Al pasar ante la biblioteca, el inspector oyó un rumor de voces y se asomó al interior. Miss Marple, lo hubiera estado buscando o no, se encontraba ahora charlando animadamente con la esposa de Mr. Percival Fortescue mientras sus agujas de hacer punto tintineaban incansables. La frase que captó el inspector Neele fue: «Siempre he pensado que se necesita vocación para ser enfermera. Desde luego, es un trabajo muy noble».

El inspector Neele desapareció sin hacer ruido. Estaba seguro de que Miss Marple lo había visto, pero había preferido no hacerle caso.

La anciana prosiguió con su voz suave y dulce:

—Tuve una enfermera encantadora cuando me rompí la muñeca. Luego estuvo cuidando al hijo de Mrs. Sparrow, un oficial de marina, un joven apuesto. Fue muy romántico, porque se hicieron novios. Se casaron, fueron felices y tuvieron dos niños monísimos. —Miss Marple suspiró románticamente—. Él tuvo una pulmonía. Y en estos casos se depende tanto de los cuidados que se reciban, ¿no es cierto?

—Oh, sí —admitió Jennifer Fortescue—. El trabajo de una enfermera lo es todo en un caso de pulmonía, aunque, claro, hoy en día la medicina hace maravillas, y ya no es la batalla larga y prolongada de antes.

—Estoy segura de que usted debe de haber sido una enfermera excelente, querida —dijo Miss Marple—. Ese fue el principio de su romance, ¿no es cierto? Quiero decir que vino usted aquí para cuidar a Mr. Percival Fortescue, ¿verdad?

—Sí —replicó Jennifer—. Sí, sí, así fue como ocurrió.

Su tono no era muy alentador, pero Miss Marple no se desanimó.

—Comprendo. Sé que no hay que hacer caso de los chismes de los criados, desde luego, pero a una vieja como yo siempre le gusta conocer cosas de los demás. ¿Qué estaba diciendo? Oh, sí. Primero hubo otra enfermera, y la despidieron o algo así. Creo que por su ineficacia.

—Yo no creo que fuera por ineficacia —comentó Jennifer—. Tengo entendido que su padre, o algún otro pariente, estaba muy enfermo, y por eso vine a sustituirla.

—Ya. Ustedes se enamoraron. Sí, muy bonito, mucho.

—No estoy tan segura. A menudo desearía... —su voz tembló—. A menudo desearía no haber dejado el hospital.

—Sí, sí, lo comprendo. Estaba usted muy enamorada de su profesión.

—Entonces no me daba cuenta, pero ahora, cuando me

paro a pensar, la vida es muy monótona. Día tras día, sin hacer nada, y Val tan absorto en sus negocios.

Miss Marple negó con la cabeza.

—Los hombres tienen que trabajar tanto hoy en día. No se conceden el menor descanso, por más dinero que ganen.

—Sí, lo que hace que la vida resulte muy solitaria y aburrida. Muchas veces preferiría no haber venido nunca a esta casa. Me está bien empleado. No debí hacerlo.

—¿Qué es lo que no debió hacer, querida?

—Casarme con Val. Oh, bueno. —Suspiró violentamente—. No hablemos más de eso.

Miss Marple, obediente, comenzó a hablar de las nuevas faldas que se llevaban en París.

—Ha sido muy amable al no interrumpirme antes —dijo Miss Marple, cuando tras llamar a la puerta del despacho, el inspector Neele la hizo pasar—. Quedaban solo una o dos cosillas que quería comprobar. —Añadió con un tono de reproche—: La verdad es que todavía no hemos acabado nuestra conversación.

—Lo siento mucho, Miss Marple. —El inspector le dirigió una cautivadora sonrisa—. Temo haber sido poco cortés. La llamé antes para un intercambio de opiniones y solo hablé yo.

—Oh, eso no tiene importancia —manifestó Miss Marple a toda prisa—, porque entonces yo no estaba preparada para poner mis cartas sobre la mesa. Quiero decir que no hubiera podido acusar a nadie sin estar completamente segura. Segura, quiero decir, en mi interior. Y ahora lo estoy.

—¿De qué está segura, Miss Marple?

—Estoy segura de saber quién asesinó a Mr. Fortescue. Lo que usted me dijo de la mermelada fue el punto final. Demuestra quién y cómo lo hizo, dentro de una lógica.

El inspector parpadeó asombrado.

—Lo siento —exclamó Miss Marple viendo su reacción—. Me temo que a veces me resulta difícil hacerme entender.

—Todavía no estoy muy seguro de lo que estamos hablando, Miss Marple.

—Oh, tal vez sea mejor que volvamos a empezar. Es decir, si no tiene usted prisa. Quisiera exponerle mi opinión. He hablado con bastante gente, con la anciana Miss Ramsbottom, con Mrs. Crump y su esposo. Él, desde luego, es un mentiroso, pero eso no tiene importancia, porque si lo sabes, no tiene por qué haber ningún problema. Pero yo quería aclarar lo de las llamadas telefónicas y las medias de nailon, y todo lo demás.

El inspector Neele volvió a parpadear, preguntándose dónde se había metido y en qué estaría pensando cuando se le ocurrió que Miss Marple podría ser una colaboradora de ideas claras y mente lúcida. No obstante, se dijo para sus adentros que, por muy confusas que tuviera las ideas, quizá podría proporcionarle alguna información útil. Todos los éxitos obtenidos en el ejercicio de su profesión habían sido fruto de su saber escuchar. Y ahora se dispuso a aplicarlo.

—Por favor, Miss Marple, cuéntemelo todo. Pero empiece por el principio, ¿quiere?

—Sí, desde luego. Y el principio es Gladys. Quiero decir que vine aquí por ella. Y usted, muy amablemente, me permitió repasar todas sus cosas. Y con eso, las medias de nailon, las llamadas telefónicas, y unas cosas y otras, todo está clarísimo. Quiero decir, lo de Mr. Fortescue y la taxina.

—¿Tiene usted una idea de quién puso la taxina en la mermelada de Mr. Fortescue? —preguntó Neele.

—No es una idea. Lo sé.

Neele parpadeó por tercera vez.

—Fue Gladys —declaró la anciana sencillamente.

Capítulo 26

El inspector Neele contempló a Miss Marple y negó despacio con la cabeza.

—¿Dice usted que Gladys Martin asesinó deliberadamente a Rex Fortescue? —preguntó incrédulo—. Lo siento, Miss Marple, pero no puedo creerlo.

—No, claro. Ella no quería asesinarlo, pero lo hizo. Usted dijo que estaba nerviosa y preocupada cuando la interrogó y que parecía culpable.

—Sí, pero no culpable de un crimen.

—Claro que no, estoy de acuerdo con usted. Ella no quería matar a nadie, pero ella puso la taxina en la mermelada. Por supuesto, no creía que fuera un veneno.

—¿Y qué pensó que era? —La voz de Neele volvió a sonar incrédula.

—Supongo que lo tomó por una droga de la verdad —dijo Miss Marple—. Es muy interesante y muy instructivo ver las cosas que esas chicas recortan de los periódicos. Siempre ha ocurrido igual, en todas las épocas. Recetas de belleza para atraer al hombre de sus sueños, hechizos, bebedizos y sucesos maravillosos. Hoy en día, los agrupan bajo el nombre de «ciencia». Ya nadie cree en la magia, ni que con una varita mágica puedan transformarnos en rana. Pero si leen en los periódicos que inyectando el jugo de ciertas glándulas pueden alterarse los tejidos vitales para que desarrollen las características de una rana, lo creerán a

203

pies juntillas. Después de leer varios artículos sobre las drogas que obligan a decir la verdad, Gladys se lo creyó cuando él le dijo que aquello era ni más ni menos que dicha droga.

—¿Quién se lo dijo?

—Albert Evans —contestó Miss Marple—. Claro que ese no es su verdadero nombre, pero de todas formas la conoció el verano pasado en un camping y le hizo la corte. Yo imagino que le contaría alguna historia de injusticias, persecuciones, o algo por el estilo. De todas maneras, el caso es que Rex Fortescue tendría que confesar lo que había hecho e indemnizarlo. No lo sé a ciencia cierta, por supuesto, pero estoy bastante segura de que fue así. Él la convenció de que buscara empleo aquí, algo bastante fácil hoy día por la escasez de servicio. Luego se citaron. Recordará que eso decía en la última postal: «Recuerda nuestra cita». El gran día para el que se estaba preparando. Gladys pondría la droga en la mermelada, de modo que Mr. Fortescue se la tomara a la hora del desayuno, y el centeno en su bolsillo. No sé qué historia le contaría acerca del centeno, pero ya le dije desde el principio que Gladys Martin era una chica muy crédula. En resumen, hubiera creído cualquier cosa que le dijera un joven bien parecido.

—Continúe —dijo el inspector, aturdido.

—Probablemente la idea era que Albert iría a verlo a su oficina aquel mismo día —prosiguió Miss Marple—, y a una hora en que la droga hubiera surtido su efecto, de modo que Mr. Fortescue se lo confesaría todo. Puede usted imaginarse lo que debió de sentir la pobre chica al saber que Mr. Fortescue había muerto.

—Pero, sin duda —objetó Neele—, ella lo habría contado todo.

—¿Qué fue lo primero que le dijo cuando usted la interrogó?

—Dijo: «¡Yo no he sido!» —recordó Neele.

—Exacto —exclamó Miss Marple triunfalmente—. ¿No comprende que es eso justo lo que ella hubiera dicho? Cuando rompía algún objeto, Gladys siempre decía: «Yo no he sido, Miss Marple. No sé cómo ha podido ocurrir». No pueden evitarlo, pobres criaturas. Se sienten tan mal por lo que han hecho que no pueden pensar en otra cosa que no sea evitar las culpas. No creerá usted que una joven nerviosa que acaba de asesinar a alguien sin tener intención de hacerlo va a admitirlo, ¿verdad? Eso sería poco razonable.

—Sí —dijo Neele—. Supongo que está en lo cierto.

Recordó la entrevista con Gladys. Nerviosa, intranquila, expresión de culpabilidad, mirada esquiva. Todo aquello podía tener un gran significado o ninguno. No podía culparse por haber fallado.

—Como le digo —continuó Miss Marple—, su primera reacción hubiera sido negarlo todo. Luego, de un modo confuso, intentaría encontrar una explicación. Tal vez Albert no sabía lo fuerte que era aquella droga, o quizá por error le entregó demasiada cantidad. Pensaría en pedir disculpas y aclaraciones. Esperaría que él se pusiera en contacto con ella, cosa que hizo. La llamó por teléfono.

—¿Cómo lo sabe? —preguntó Neele con acritud.

Miss Marple negó con la cabeza.

—No lo sé. Admito que es solo una suposición. Pero aquel día hubo varias llamadas que no tienen explicación. Es decir, llamaban y, cuando Crump o su esposa contestaban, cortaban la comunicación. Era él, ¿sabe? Fue llamando hasta lograr que Gladys contestara en persona al teléfono, y entonces quedó de acuerdo con ella para verse.

—¿Quiere decir que Gladys tuvo una cita con él el día de su muerte?

Miss Marple asintió enérgicamente.

—Sí, eso es evidente. Mrs. Crump llevaba razón en una cosa. La chica se había puesto su mejor par de medias de nailon y zapatos nuevos. Iba a encontrarse con alguien. Solo que no pensaba salir. Él sería quien acudiese a Yew-tree Lodge. Por eso aquel día estaba nerviosa, y se retrasó al servir el té. Luego, al pasar por el vestíbulo con la segunda bandeja, creo que debió de verlo en la puerta lateral haciéndole señas. Dejó la bandeja y salió a su encuentro.

—Y entonces la estranguló.

Miss Marple frunció los labios.

—Debió de ser cosa de un minuto —explicó—, no podía correr el riesgo de que hablara. La pobre y crédula Gladys tenía que morir. Y después ¡le puso una pinza de tender en la nariz! —La indignación y la furia hizo vibrar la voz de la anciana—. Para que fuera todo como en la nana. El centeno, los mirlos, el palacio donde el rey contaba su dinero, el pan y la miel, y la pinza, lo más semejante que pudo encontrar para simular un pajarito que le arrancaba la nariz.

—Y supongo que después de todo esto lo llevarán a Broadmoor y no podrán ahorcarlo porque está loco —dijo Neele lentamente.

—Creo que lo colgarán —afirmó Miss Marple—. No está loco, inspector, ¡ni por asomo!

El inspector la miró con dureza.

—Ahora escúcheme, Miss Marple. Usted me ha expuesto su teoría. Sí, sí, aunque usted dice que lo sabe, es solo una teoría. Usted asegura que el hombre responsable de estos crímenes, un tal Albert Evans, conoció a Gladys en un camping y la utilizó para sus propios fines. Ese Albert Evans era alguien que deseaba vengarse por el asunto de la vieja mina del mirlo. Usted sugiere que Don MacKenzie, el hijo de Mrs. MacKenzie, no murió en Dunquerque, sino que aún vive y es el responsable de todo esto, ¿no es así?

Pero para su gran sorpresa, Neele vio que Miss Marple negaba con la cabeza.

—¡Oh, no! ¡Oh, no! Yo no he dicho eso. ¿No comprende que todo ese asunto de los mirlos es en realidad un engaño? Solo fue utilizado por alguien que había oído hablar de los mirlos, los de la biblioteca y los del pastel. Esos sí que fueron auténticos. Fueron colocados por alguien que conocía la vieja historia y deseaba vengarse, pero solo amedrentando a Mr. Fortescue y poniéndolo un poco nervioso. Inspector Neele, yo no creo que pueda educarse a un niño con la esperanza de que al crecer ejecutará la venganza. Los niños, al fin y al cabo, tienen mucho sentido común. Lo que creo más bien es que si alguien piensa que su padre fue estafado y que quizá lo dejaron morir, querrá poder darle algún día un buen sobresalto a la persona que supone culpable de ello. Creo que eso es lo que ocurrió, y el asesino lo aprovechó para sus propios fines.

—El asesino —repitió Neele—. Vamos, Miss Marple. ¿Quién es?

—No le sorprenderá en absoluto, porque, en cuanto le diga quién es, o mejor dicho, quién creo que es, porque hay que hablar con propiedad, verá que es justo el tipo de persona adecuada para cometer estos crímenes. Cuerdo, inteligente y sin escrúpulos. Y lo hizo por dinero, desde luego, seguramente por una buena cantidad de dinero.

—¿Percival Fortescue? —El inspector Neele lo dijo en tono suplicante, pero comprendió que se equivocaba. El retrato que Miss Marple le había hecho del asesino no tenía el menor parecido con Percival Fortescue.

—¡Oh, no! —respondió Miss Marple—. No es Percival, no. Es Lance.

Capítulo 27

—¡Es imposible! —exclamó el inspector Neele. Reclinado en la butaca, observó a Miss Marple fascinado. Como había dicho ella, no estaba sorprendido. Sus palabras eran una negativa, no de probabilidad, sino de posibilidad. Lance Fortescue cuadraba con la descripción, Miss Marple lo había definido muy bien. Pero el inspector Neele no conseguía explicárselo.

Miss Marple se inclinó hacia delante y, con el mismo tono amable y persuasivo con que se explican las reglas aritméticas a un niño, fue exponiendo su teoría.

—Siempre ha sido así. Quiero decir que siempre fue malo. Malo de pies a cabeza, aunque siempre resultó atractivo. Sobre todo para las mujeres. Tiene una inteligencia brillante y no teme arriesgarse. Siempre ha corrido riesgos y, a causa de su encanto, la gente siempre ha creído de él lo mejor y no lo peor. Durante el verano vino a ver a su padre. No creo ni por un momento que su padre le escribiera o lo enviara a buscar, a menos, por supuesto, que usted tenga pruebas de ello.

Hizo una pausa interrogativa.

—No. No tengo pruebas de que su padre se lo pidiera. Tengo una carta que Lance le escribió después de haber estado aquí, pero Lance pudo haberla deslizado entre los papeles de su padre a su llegada.

—Es muy listo —comentó Miss Marple asintiendo—.

Bueno, como le digo, probablemente vino aquí para intentar reconciliarse con su padre, pero Mr. Fortescue no quiso saber nada. Lance acababa de casarse y el poco dinero del que iban viviendo, y que sin duda aumentaba de diversas maneras deshonrosas, no era suficiente. Estaba muy enamorado de Pat, que es una muchacha dulce y encantadora, y vivía con ella una vida tranquila, respetable y segura. Y para ello, desde su punto de vista, se necesitaba mucho dinero. Cuando estuvo en Yewtree Lodge, seguro que oyó hablar de esos mirlos. Tal vez su padre o Adele los mencionaran. Llegó a la conclusión de que la hija de MacKenzie estaba instalada en la casa y se le ocurrió que ella sería el chivo expiatorio del crimen. Porque cuando comprendió que no conseguiría que su padre accediera a sus deseos, debió de decidir asesinarlo a sangre fría. Puede que al ver que su padre no estaba muy bien, tuviera miedo de que a su muerte la firma estuviera en bancarrota.

—Conocía a la perfección el estado de salud de su padre —aclaró el inspector.

—¡Ah, eso explica muchas cosas! Quizá la coincidencia de su nombre, Rex, unido al incidente de los mirlos, le sugirió la idea de la nana infantil. Convertirlo todo en una locura y mezclarlo con la venganza de los MacKenzie. Luego podría matar a Adele también y conseguir que esas cien mil libras volvieran a quedar en la empresa. Pero debía de haber un tercer personaje, «la doncella tendiendo la ropa en el jardín», y supongo que eso le inspiró el diabólico plan. Un cómplice inocente a quien poder silenciar antes de que hablara. Y eso le proporcionaría lo que deseaba: una legítima coartada para el primer crimen. El resto fue sencillo. Llegó aquí desde la estación poco antes de las cinco, que era cuando Gladys llevaba ya la segunda bandeja a la biblioteca. Se acercó a la puerta lateral, la vio en el vestíbulo y le hizo señas. Luego la estranguló y arrastró el cadáver hasta la parte de atrás, donde estaba el tendedero. En total debió de emplear tres o cuatro minutos. Luego tocó el timbre, entró en la casa por la puerta principal y se reunió con la familia para tomar el té. Después subió a ver a Miss Ramsbottom. Al bajar, entró en la biblioteca y, al encontrar a Adele sola bebiendo su última taza de té, se sentó a su lado en el sofá y, mientras le hablaba, se las arregló para echar cianuro a su taza. No le sería difícil. Una sustancia blanca, parecida al azúcar. Quizá cogió un terrón de azúcar y lo dejó caer con el veneno en la taza. Riéndose diría: «Mira, te he puesto más azúcar en el té». Ella respondería que no le importaba y se lo bebería. Tan sencillo y audaz como eso. Sí, es un individuo muy audaz.

—Sí, es posible. Pero la verdad, Miss Marple, no veo qué ganaría con esto. Si partimos del hecho de que, de no morir el viejo Fortescue, el negocio acabaría hundiéndose, ¿es su parte tan importante como para hacerlo cometer tres crímenes? No lo creo, la verdad.

—Sí, eso plantea un pequeño problema —admitió la anciana—. Estoy de acuerdo con usted. Un pequeño problema. Supongo... —vaciló mirando al inspector—, imagino... Soy tan ignorante en cuestiones financieras, pero supongo que... ¿Es verdad que la mina del mirlo no vale nada?

Neele reflexionó. Varias piezas sueltas encajaron en su mente. El deseo de Lance de quedarse con las acciones de menor valor o interés. Sus palabras de despedida diciéndole a Percival que era mejor que se desprendiera de la mina del mirlo y su maldición. Una mina de oro. Una mina de oro que no valía nada. Pero tal vez no fuese así. Y, no obstante, parecía poco probable. El viejo Rex Fortescue no cometería un error tan grande, aunque era posible que hubieran hecho nuevos sondeos recientemente. ¿Dónde estaba la mina? Lance dijo que en el África Occidental. Sí, pero otra persona... —¿fue Mrs. Ramsbottom?— había dicho que estaba en el África Oriental. ¿Mentiría Lance deliberadamente al decir oriental en vez de occidental? Miss

Ramsbottom era vieja y olvidadiza, y no obstante podía estar en lo cierto. África Oriental. Lance acababa de llegar de allí. ¿Se habría enterado de algo?

De pronto otra de las piezas encajó en el rompecabezas mental del inspector. Cuando iba en el tren, leyendo el *Times*: «Yacimientos de uranio en Tanganica». ¿Y si esos yacimientos estuvieran en la mina del mirlo? Eso lo explicaría todo. Lance, estando en el terreno, se habría enterado. Si se tratara de yacimientos de uranio, aquello valdría una fortuna. ¡Una inmensa fortuna! Suspiró, mirando a Miss Marple.

—¿Y cómo cree usted que voy a poder probar todo eso? —le preguntó en tono de reproche.

Miss Marple le dirigió una mirada animosa, como la tía que alienta a un sobrino inteligente convencida de que aprobará un examen.

—Lo probará. Usted es un hombre muy muy inteligente, inspector Neele. Le he comprendido desde el primer día. Ahora que sabe quién es, encontrará las pruebas. Por ejemplo, en aquel camping es posible que reconozcan su fotografía. Le costará justificar por qué estuvo allí durante una semana haciéndose llamar Albert Evans.

El inspector pensó para sus adentros: «Sí, Lance Fortescue es inteligente y sin escrúpulos pero también temerario. Los riesgos que corrió fueron demasiado grandes. ¡Lo atraparé!».

Luego, al entrarle otra vez la duda, miró a Miss Marple.

—Todo son puras suposiciones.

—Sí, pero usted está convencido, ¿no?

—Supongo que sí. Al fin y al cabo, conozco a los de su calaña.

La anciana asintió.

—Sí, eso es muy importante, por eso estoy segura.

Neele la miró divertido.

—A causa de su gran conocimiento de los criminales.

—¡Oh, no, claro que no! Es por Pat, una chica encantadora, y de esas que siempre se casan con un bala perdida.
Eso es lo que me hizo pensar en él desde el principio.

—Yo puedo estar seguro en mi interior —dijo Neele—,
pero hay muchas cosas que necesitan explicación. El asunto de Ruby MacKenzie, por ejemplo. Podría jurar que...

Miss Marple lo interrumpió:

—Y tiene usted razón. Pero se equivoca de persona.
Vaya a hablar con la esposa de Percival.

—Mrs. Fortescue —dijo el inspector Neele—, ¿le importaría decirme cuál es su nombre de soltera?

—¡Oh! —exclamó Jennifer asustada.

—No se ponga nerviosa, señora, pero es mucho mejor
que me diga la verdad. ¿Me equivoco al creer que antes de
casarse se llamaba Ruby MacKenzie?

—Yo..., bueno... ¡Oh, Dios mío! Bueno, ¿y qué? —repuso la esposa de Percival.

—Nada, nada —replicó el inspector con gran amabilidad—. Hace poco hablé con su madre en el Pinewood Private Sanatorium.

—Está muy enfadada conmigo —le explicó Jennifer—.
Nunca voy a verla, porque solo la trastorno. ¡Pobre mamá!
¡Estaba tan enamorada de papá!

—¿Y la educó a usted en la melodramática idea de la
venganza?

—Sí. Nos hacía jurar siempre sobre la Biblia que no lo
olvidaríamos nunca y que algún día mataríamos al culpable. Por supuesto, cuando entré en el hospital y empecé los
estudios, me di cuenta enseguida de que su equilibrio
mental no era el que debía ser.

—A pesar de ello, ¿no sentía usted deseos de venganza,
Mrs. Fortescue?

—¡Por supuesto! ¡Prácticamente, Rex Fortescue asesinó

a mi padre! No quiero decir que le disparara un tiro ni nada parecido, pero estoy convencida de que lo dejó morir. Viene a ser lo mismo, ¿verdad?

—En el aspecto moral, sí.

—De modo que quise pagarle con la misma moneda. Cuando una amiga mía vino a cuidar de su hijo, hice que se marchara y ocupé su puesto. No tenía aún muy claro qué quería hacer exactamente. La verdad es que nunca tuve intención de asesinar a Mr. Fortescue. Creo que pensaba cuidar mal a su hijo, dejarlo morir. Pero cuando una es enfermera profesional, no se pueden hacer esas cosas. Me costó mucho que se pusiera bien. Luego me tomó cariño y, cuando me pidió que me casara con él, pensé: «Bueno, esa es una venganza mucho más grande que ninguna otra». Quiero decir que, si me casaba con el hijo mayor de Mr. Fortescue, conseguiría que volviera a mis manos el dinero que él estafó a papá. Creo que era una cosa mucho más sensata.

—Sí, desde luego, mucho más sensata. Supongo que fue usted la que puso los mirlos en el escritorio y en el pastel.

La esposa de Mr. Percival enrojeció.

—Sí. Fue una tontería por mi parte. Pero un día Mr. Fortescue estuvo hablando de los incautos, y alardeando de cómo los timaba. ¡Oh, de un modo por completo legal! Y pensé que me agradaría darle..., bueno, un susto. ¡Y vaya si se lo di! Se puso como loco. Pero yo no hice nada más. No creerá que he matado a nadie, ¿verdad?

El inspector Neele sonrió.

—No, no lo creo. A propósito, ¿ha estado usted dando dinero a Miss Dove últimamente?

Jennifer se quedó boquiabierta.

—¿Cómo lo sabe usted?

—Nosotros sabemos muchas cosas —afirmó el inspector Neele, añadiendo para sí: «Y adivinamos muchas otras, también».

Jennifer continuó hablando a toda prisa:

—Vino a decirme que usted la había acusado de ser Ruby MacKenzie y que si le daba quinientas libras dejaría que lo siguiera pensando. Dijo que si usted averiguaba que yo era Ruby MacKenzie, sospecharía que había asesinado a Mr. Fortescue y a mi suegra. Me costó mucho reunir el dinero, porque, claro, no podía pedírselo a Percival. Él no sabe nada. Tuve que vender mi anillo de compromiso y un collar muy bonito que me regaló Mr. Fortescue.

—No se preocupe, Mrs. Fortescue. Creo que podrá recuperar su dinero.

Al día siguiente el inspector Neele tuvo otra entrevista con Miss Dove.

—Me pregunto, Miss Dove, si podría darme un cheque de quinientas libras pagadero a nombre de la esposa de Mr. Percival Fortescue.

Neele tuvo el placer de verle perder su aplomo.

—Supongo que esa tonta debió de contárselo.

—Sí, el chantaje, Miss Dove, es algo bastante grave.

—No era precisamente eso, inspector. Creo que le costaría acusarme de chantajista. Solo hice a Miss Fortescue un servicio especial y ella me recompensó.

—Bien. Si me da ese cheque creo que podremos dejarlo estar.

Mary Dove fue en busca de su talonario de cheques y su pluma estilográfica.

—Me viene muy mal —comentó con un suspiro—. En estos momentos ando algo apurada.

—Supongo que estará buscando otro empleo para dentro de muy poco tiempo.

—Sí. Aquí no me han salido las cosas como esperaba. Todo ha resultado bastante desgraciado desde mi punto de vista.

—Sí —convino el inspector Neele—, la ha colocado en

una posición difícil, ¿verdad? Quiero decir que era muy probable que en cualquier momento revisáramos sus antecedentes.

Mary Dove, otra vez dueña de sí, enarcó las cejas.

—La verdad, inspector, le aseguro que mi pasado es intachable.

—Sí, es cierto —respondió Neele alegremente—. No tenemos nada contra usted, Miss Dove. Aunque es una curiosa coincidencia que, en las últimas tres casas en las que usted ha trabajado de forma tan admirable, haya habido robos unos tres meses después de su marcha. Los ladrones parecían muy bien informados de dónde se guardaban los abrigos de visón, las joyas, etcétera. Curiosa coincidencia, ¿no le parece?

—Las coincidencias ocurren, inspector.

—¡Oh, sí! —puntualizó Neele—. Ocurren. Pero no con tanta frecuencia, Miss Dove. Quizá —agregó— nos volveremos a encontrar en el futuro.

—Espero... —dijo Mary Dove—, y no quisiera parecerle grosera, inspector Neele..., espero que no.

Capítulo 28

Miss Marple comprimió el contenido de su maleta y, tras remeter el extremo de un chal de lana que sobresalía, la cerró. Miró por la habitación. No, no se olvidaba nada. Crump subió a recoger su equipaje. Miss Marple fue a la habitación contigua para despedirse de Miss Ramsbottom.

—Siento haber correspondido tan mal a su hospitalidad —se excusó Miss Marple—. Espero que algún día pueda perdonarme.

—¡Ja! —replicó Miss Ramsbottom, que, como de costumbre, estaba haciendo solitarios—. Reina roja, *valet* negro —murmuró mientras dirigía una mirada de soslayo a Miss Marple—. Supongo que habrá descubierto lo que quería.

—Sí.

—¿Y supongo que se lo habrá contado todo al inspector? ¿Conseguirá probarlo?

—Estoy casi segura, aunque puede que necesite algún tiempo.

—No voy a hacerle ninguna pregunta —continuó Miss Ramsbottom—. Es usted una mujer inteligente. Lo comprendí enseguida. No la culpo por lo que ha hecho. La maldad es siempre maldad y merece ser castigada. En esta familia hay una rama mala. Me alegro de poder decir que no es por nuestra parte. Elvira, mi hermana, era una tonta, pero nada más. *Valet* negro —repitió Miss Ramsbottom acariciando la carta—. Hermoso, pero con el corazón negro. Sí, me lo temía. Ah, bueno, no siempre se puede dejar de querer a un pecador. Ese chico siempre se ha salido con la suya, incluso conmigo. Mintió al decir la hora en que salió de aquí aquel día. Yo no lo contradije, pero me estuve preguntando..., me he estado preguntando desde entonces..., pero era el hijo de Elvira. Yo no podía decir nada. Ah, bueno, usted es una mujer justa, Jane Marple, y debe prevalecer la verdad. Lo siento por su esposa.

—Y yo también —dijo Miss Marple.

En el vestíbulo, Pat la esperaba para decirle adiós.

—No quisiera que se marchara. La echaré de menos.

—Ya es hora de que me vaya —le contestó la anciana—. He terminado lo que vine a hacer. No ha sido agradable. Pero es importante que no triunfe la maldad.

Pat la miraba extrañada.

—No la comprendo.

—No, querida. Pero quizá lo entienda algún día. Si me permite aconsejarla... Si alguna vez le fueran mal las cosas, creo que lo mejor para usted sería regresar a donde fue feliz de pequeña. Regrese a Irlanda, querida. Con sus caballos y perros, y todo eso.

Pat asintió.

—Algunas veces desearía haberlo hecho cuando falleció Freddy. Pero entonces —su voz se suavizó— no hubiera conocido a Lance.

Miss Marple suspiró.

—¿Sabe? No vamos a quedarnos aquí —manifestó Pat—. Regresaremos a África tan pronto se aclare todo. Estoy muy contenta.

—Dios la bendiga, querida niña —dijo Miss Marple—. En esta vida es necesario mucho valor para salir adelante. Creo que usted lo tiene.

Le dio unas palmaditas en la mano y se dirigió hacia la entrada, donde la aguardaba un taxi.

Miss Marple regresó a su casa bastante tarde.

Kitty, una de las últimas pupilas del orfanato de St. Faith, le abrió la puerta con el rostro resplandeciente.

—Le he preparado un arenque para cenar, señorita. Celebro infinito verla otra vez en casa. Lo encontrará todo bien arreglado. He hecho la limpieza cada día.

—Muy bien, Kitty, muy bien. Es agradable regresar a casa.

Miss Marple vio seis telarañas en una esquina. ¡Aquellas chicas nunca levantaban la cabeza! Pero no quiso decirle nada.

—Sus cartas están sobre la mesa del recibidor, señorita. Hay una que llevaron a Daisymead por error. Siempre hacen lo mismo, ¿no le parece? Mary y Daisy se parecen un poco y, como la letra es tan mala, no me extraña que se equivocaran esta vez. La llevaron allí, pero la casa estaba cerrada, de modo que hoy la han traído. Se han disculpado y han dicho que esperaban que no fuera nada importante.

Miss Marple recogió su correspondencia. La carta a la que Kitty se refería estaba encima de todas. Aquella escritura infantil trajo algo a su memoria. La abrió.

Querida señora:

Espero que me perdone por escribir esta carta, pero no sé qué hacer y nunca tuve intención de causar daño. Querida señora, habrá leído en los periódicos que se trataba de un crimen, pero no fui yo quien lo mató, de veras, porque yo nunca haría una maldad semejante y sé que él tampoco. Me refiero a Albert. Se lo estoy explicando muy mal, pero ya sabe que lo conocí el pasado verano e iba a casarme con él, pero Bert no tenía sus derechos, se los había quitado ese estafador de Mr. Fortescue que ha muerto. Y Mr. Fortescue lo negó. Y claro, lo creyeron a él y no a Bert, porque él era rico y Bert pobre. Pero Bert tiene un amigo que trabaja en un sitio donde hacen esas drogas nuevas que obligan a decir la verdad a las personas. Quizá lo haya leído en los periódicos, y que los obligan a decirla quieran o no. Bert pensaba ir a

ver a Mr. Fortescue a su oficina el 5 de noviembre con un aboga-
do y yo tenía que hacerle tomar la droga aquella mañana con el
desayuno, para que hiciera efecto cuando fueran ellos y confesa-
ra que todo lo que Bert decía era cierto. Pues bien, señora, yo la
puse en la mermelada, pero ahora que ha muerto creo que debía
de ser demasiado fuerte, pero no ha sido culpa de Bert, porque él
nunca haría algo semejante, pero no puedo decírselo a la policía,
porque quizá pensarán que lo hizo a propósito y no lo hizo. Se-
ñora, no sé qué hacer ni qué decir y la policía está aquí en la casa
y es horrible. No sé qué hacer y no he sabido nada más de Bert.
Señora, si usted pudiera venir y ayudarme, ellos la escucharían,
y siempre ha sido usted tan buena conmigo. Yo no tenía inten-
ción de hacer nada malo ni Bert tampoco. ¡Si pudiera venir!
Suya respetuosamente, Gladys Martin.

P. D. Le incluyo una fotografía de Bert y mía en el cam-
ping. La hizo uno de los muchachos. Bert no sabe que la tengo,
no le gusta que lo retraten. Pero así podrá ver, señora, lo guapo
que es.

Gladys Martin

Miss Marple, con los labios fruncidos, contempló la fotografía. Una joven pareja mirándose a los ojos. Gladys,
con su patética carita llena de adoración y los labios entrea-
biertos. Lance Fortescue, sonriente y tostado por el sol.

Las últimas palabras de la carta resonaron en su mente:
«Así podrá ver, señora, lo guapo que es».

Los ojos de Miss Marple se llenaron de lágrimas. A la
piedad le sucedió un sentimiento de furia, de furia contra
un asesino sin corazón.

Después, rechazando ambas emociones, al contemplar la
prueba que necesitaba, se dibujó en sus labios una sonrisa de
triunfo, igual que la de un naturalista cuando ha podido re-
construir con éxito un animal de una especie ya extinguida,
a partir de un fragmento de la quijada y un par de dientes.

Descubre los clásicos de Agatha Christie

¿POR QUÉ NO LE PREGUNTAN A EVANS?
UN PUÑADO DE CENTENO
EL MISTERIOSO SEÑOR BROWN